L'ART DE DÎNER EN VILLE

À L'USAGE DES GENS DE LETTRES

POËME EN IV CHANTS

SUIVI DE LA BIOGRAPHIE DES AUTEURS MORTS DE FAIM

PAR COLNET

[illegible]

LE PARASITE MORMON

MÉLANGES DE VERS ET DE PROSE

PARIS

AUGUSTE DELAHAYS, LIBRAIRE-ÉDITEUR

4-6, RUE VOLTAIRE, 4-6

18[illegible]

L'ART

DE

DINER EN VILLE

LE PARASITE MORMON.

SALMIS DE VERS ET DE PROSE.

Paris. — Imprimerie de Édouard Blot, rue Saint-Louis, 46.
(ANCIENNE MAISON DONDEY-DUPRÉ)

L'ART
DE
DINER EN VILLE
A L'USAGE
DES GENS DE LETTRES
POÈME EN IV CHANTS

SUIVI DE LA BIOGRAPHIE DES AUTEURS MORTS DE FAIM

PAR COLNET.

> Savant en ce métier, si cher aux beaux-esprits,
> Dont Montmaur autrefois fit leçon dans Paris.
>
> BOILEAU, Sat. I.

LE PARASITE MORMON.

SALMIS DE VERS ET DE PROSE.

PARIS
ADOLPHE DELAHAYS, LIBRAIRE-ÉDITEUR
4-6, RUE VOLTAIRE, 4-6

1861

PREFACE.

Quoi ! vous allez faire une préface ?

— Pourquoi pas ?

— Vous m'avez toujours dit que les préfaces vous ennuyaient.

— Cela est vrai ; je veux prendre ma revanche.

— Mais le public ?

— Est-ce qu'on s'embarrasse aujourd'hui du public ? Les auteurs se moquent de lui. Le public ! Si on l'en croyait, on ne ferait que de bons ouvrages, sans préface et sans notes.

— Il n'a pas tout à fait tort ; on lui en donne tant de mauvais, précédés de si longues préfaces et de notes qui ne finissent pas !

— Que mon ouvrage soit mauvais, c'est ce dont je ne conviendrai jamais : je suis auteur. Quant à la préface et aux notes, elles grossissent merveilleusement un volume. Les libraires les exigent avec rigueur, et, quand on les leur refuse, ils les font eux-mêmes, et elles n'en sont pas plus mauvaises.

— Mais ce sujet a déjà été traité.

— Je vous attendais là, pour entrer en matière.

— Vingt-quatre ans avant J.-C., Horace disait :

Nil intentatum nostri liquere poetæ.

Depuis Horace, que de poèmes ont été publiés ! Cependant le sujet que je traite est vierge encore. Je sais qu'un poète plein d'esprit et de gaîté a chanté les plaisirs de la table, et a décrit dans des vers charmants tous les mets qui doivent composer un bon dîner. Je rends hommage à son talent ; mais son poème ne peut être utile qu'aux riches, et ces gens-là ne dînent que trop bien. N'ont-ils pas d'ailleurs, je ne dis pas dans leurs bibliothèques, mais dans leurs salles à manger, le *Cuisinier impérial* et les traités profonds du savant Grimod, maître en l'art de la gueule ?

J'ai consacré mes veilles à une classe plus intéressante. Je me suis occupé du bonheur des gens de lettres, de ces hommes précieux qui embellissent et éclairent la société. Puisque malheureusement ils ont plus d'appétit que de dîners, je veux les rapprocher de ceux qui ont plus de dîners que d'appétit. Cette heureuse réunion servira les écrivains et les lettres.

— Les lettres ? Et comment ? je vous prie.

— Depuis que les auteurs dînent mal, la littérature a dégénéré d'une manière sensible. Un mauvais dîner éteint l'imagination, énerve les ressorts de l'âme et glace tous les sens. Le vin de Suresne peut-il inspirer un poète ? Le fromage de Brie peut-il échauffer un orateur ? Je prie nos philosophes, qui connaissent si bien l'influence du physique sur le moral, de faire un traité sur ce sujet ; mais qu'il soit court et point ennuyeux, si cela leur est possible.

— Vous vous adressez mal. Est-ce que l'on peut les comprendre ? C'est d'eux qu'il faut dire ce que

Scaliger disait des Basques : *On croit que ces gens-là s'entendent ; moi je n'en crois rien du tout.*

— Je vais donc rendre un service essentiel aux lettres, en enseignant à nos écrivains l'art important de dîner en ville, d'y dîner tous les jours, toute l'année, toute leur vie. L'influence d'une bonne table se fera bientôt sentir dans leurs écrits ; on trouvera de la poésie dans leurs poèmes, sauf à n'en plus trouver dans la *Gazette de Santé ;* leurs tragédies réussiront sans le secours d'un parterre bien composé, et sans coups de bâton ; leurs comédies de bon ton n'atteindront pas sans doute à la gloire du *Départ pour Saint-Malo,* mais du moins elles seront moins tristes et moins fades, et, en se prêtant un peu à la plaisanterie, on rira quelquefois au Vaudeville aussi volontiers que l'on pleure à la Gaîté.

Vous le voyez, mon poème va changer la face de la littérature. Entreprise eut-elle jamais un but plus utile ? Pourquoi Boileau ne l'a-t-il pas tentée ? Au lieu d'insulter ce pauvre Colletet *qui mendiait son pain de cuisine en cuisine,* que ne lui enseignait-il les moyens de faire de bons dîners ? Au lieu de cet art poétique, qui a du bon, j'en conviens, mais dont Colletet se serait fort bien passé, pourquoi le législateur du Parnasse n'a-t-il pas traité un sujet si digne de son talent ? J'en suis faché pour le siècle de Louis XIV : ce poème manque à sa gloire.

Cependant, il faut l'avouer pour l'honneur de la littérature, les écrivains du dix-huitième siècle semblèrent avoir deviné la *parasitique,* et, sans doute, ils durent encore cette belle découverte aux progrès des lumières et à la perfectibilité de l'esprit humain.

A cette époque à jamais glorieuse, des hommes se sont rencontrés, d'un appétit incroyable, gourmands raffinés, autant qu'habiles philosophes, capables de tout entreprendre et de tout oser pour se faire ouvrir les meilleures tables, également actifs et infatigables pendant le dîner et pendant le souper, si adroits et si prêts à tout, qu'ils ne refusaient aucune invitation, eussent-ils dû dîner deux fois en un jour.

Quel grand, quel intéressant spectacle ! Qu'il était beau de voir tous les écrivains assis aux tables des grands et des financiers, de tout ce qui avait un nom et de l'argent ! Que ces hommes furent heureux de naître dans un siècle où tout favorisait leur appétit !

C'est par eux que nous l'avons appris ; c'est dans les mémoires de leur vie qu'ils nous font connaître à combien de tables ils avaient leur couvert mis. C'est là que leur reconnaissance a éternisé les noms à jamais fameux des La Popelinière, des Beaujon et de tant d'autres qui ont laissé si peu d'imitateurs. C'est là, enfin, que des femmes devenues célèbres reçoivent les honneurs de l'apothéose, parce qu'une fois par semaine elles les invitaient à leurs banquets. Grâce à leurs dîners, l'immortalité de ces honnêtes bourgeoises est aussi assurée que celle de la mère des Gracques. Voilà, riches du jour, voilà ce que l'on gagne à traiter les gens de lettres. Vous vivez ignorés : donnez-nous à dîner, et votre nom traversera les siècles, à côté de celui de Mécène. Nous ne sommes point avares de nos éloges ; les comparaisons les plus brillantes ne nous coûtent guères, et je vous jure que nous divinisons les gens à bien bon compte.

On devine, sans que j'aie besoin de le dire, que la littérature n'a point dégénéré à cette époque, comme l'ont prétendu quelques esprits chagrins. Le *Tableau littéraire*, que l'Institut doit couronner dans quelques jours, prouvera bien au delà de l'évidence que le dix-huitième siècle a, sinon surpassé, du moins égalé son devancier. Or, que répondre à un discours couronné par l'Institut?

La décadence de la littérature date du jour où la révolution renversa toutes les tables et dispersa les amphitryons et les convives. C'est sans contredit le plus grand malheur qu'elle ait produit.

Mais ne cherchons point à approfondir un si triste sujet; et, puisque le mal est connu, hâtons-nous d'appliquer le remède convenable.

Chamfort comparait ingénieusement les gens de lettres, et surtout les poëtes, à des paons à qui on jette mesquinement quelques graines dans leurs loges, et qu'on en tire quelquefois pour les voir étaler leur queue; tandis que les coqs, les poules, les canards et les dindons se promènent librement dans la basse-cour, et remplissent leur jabot tout à leur aise.

Hommes de lettres! osez enfin rompre les barreaux de vos loges; osez vous présenter à ces tables somptueuses qui vous sont interdites depuis trop long-temps. Qui peut vous arrêter? Ah! je le vois, c'est l'ennui que vous redoutez.

Heureux les sots! partout ils sont à leur aise; partout ils se trouvent en famille.

C'est comme frère Lourdis, en entrant dans le temple de la Sottise :

> Tout lui plaisait, et même en arrivant,
> Il crut encore être dans son couvent.

Tout leur sourit, tout les amuse, tant ce qu'ils entendent ressemble à ce qu'ils disent!

Le sort des gens d'esprit n'est point aussi agréable : ce n'est point chez leurs pairs qu'ils peuvent aller dîner; il faut donc qu'ils supportent la sottise de leurs amphitryons. A la vérité, l'ennui ressemble au supplice des damnés ; mais, comme a dit notre La Fontaine : *J'aime à croire qu'on finit par s'y accoutumer.*

Au reste, ces pauvres riches ne sont si ennuyeux que parce qu'ils sont eux-mêmes très ennuyés : l'ennui est une contagion. Amusez-les, c'est votre lot ; entretenez-les d'idées agréables ; descendez à leur portée ; faites-vous petits, afin de vous mettre à leur niveau. Vous ne leur donnerez pas d'esprit, on ne fait plus de miracles ; mais vous leur ferez croire qu'ils en ont, et c'est un service dont ils vous sauront gré. Enfin, s'ils ne peuvent devenir aimables, vous verrez qu'à la longue, et à l'aide de leurs dîners, ils deviendront très supportables.

Bientôt, étonnés de leur propre métamorphose, ils sentiront que c'est à leurs hôtes qu'ils doivent toute leur gaîté et le charme de leur nouvelle existence ; et ils vous diront, dans leur langage, ce que dit le cocher de fiacre aux courtisanes dans le *Moulin de Javelle :* « Vous autres et nous autres, nous » ne pouvons nous passer les uns des autres. »

Je n'ai plus qu'un mot à ajouter. J'ai souvent été effrayé par les difficultés de l'entreprise que j'exécute aujourd'hui ; mais les conseils, l'exemple de feu *** et le manuscrit qu'il m'a légué, ont soutenu mon courage chancelant. Trois mois se sont à peine écoulés depuis sa mort, et déjà le public ingrat ne pense plus à lui. L'amitié m'impose le devoir de payer un juste tribut de reconnaissance à cet écrivain distingué.

*** naquit à **, petit hameau de la Gascogne ; ses parents nous sont inconnus. Si une mort prématurée ne l'eût enlevé aux lettres dont il faisait l'ornement, il aurait sans doute publié les mémoires de sa vie, et nous y lirions avec attendrissement des détails précieux sur son père, sur sa mère, sur ses petits frères et ses petites sœurs. C'est une perte dont la littérature ne se consolera pas aisément.

Quoi qu'il en soit, *** arriva à Paris avec une provision de vers fort honnête pour un poète de province, et, dès les premiers jours, il débuta avec éclat dans l'*Almanach des Muses*, par un distique que l'on citait encore dans ma jeunesse. Ce distique était modestement signé : M. de ***. L'année suivante, il s'éleva à la gloire du quatrain, et signa : Le chevalier de *** ; enfin, la troisième année, il mit le comble à sa réputation par vingt bouts rimés qui parurent avec la signature du comte de ***.

Ce n'était pas par vanité qu'il agissait ainsi ; mais il avait remarqué qu'on jugeait avec indulgence les productions des gens de qualité, et, quoique les siennes fussent de véritables chefs-d'œuvre, une sotte méfiance de son talent lui faisait employer cet innocent stratagème. « J'ai fait, m'a-t-il dit cent fois avec » naïveté, j'ai fait des fables bien supérieurs à celles » de M. de Nivernois ; les siennes ont été applau» dies, parce qu'il était duc et pair, et les miennes » ne seraient pas lues. D'ailleurs les Français sont » toujours engoués de leur La Fontaine. »

La sensation que ses pièces insérées dans l'*Almanach des Muses* avaient produite lui suscita bientôt de nombreux ennemis. L'envie, toujours acharnée contre les grands talents, s'efforça de détruire une réputation qui l'effrayait. Elle trouva des longueurs dans le distique, un pied de trop dans un des vers du quatrain ; mais les bouts rimés, semblables à la lime qui use les dents du serpent, furent vainement attaqués. Les connaisseurs les placent encore au dessus de tout ce qui a paru dans ce genre.

*** ne crut pas avoir assez fait pour sa gloire. Toujours avide de succès, il entra dans la carrière épineuse du théâtre; c'était là que ses ennemis l'attendaient pour lui faire expier ses premiers triomphes.

Un grand nom est un poids difficile à porter.

*** l'éprouva. Peu de poètes, de nos jours, peuvent se vanter d'avoir eu autant de pièces sifflées. Deux tragédies, qu'il composa avec une rapidité qui tient du prodige, ne purent être achevées à la première représentation. Aux Italiens, il tua sous lui trois musiciens; les autres, épouvantés, prenaient la fuite à son approche, et refusaient de travailler sur ses paroles. Quelques jours après, il fut reçu dans une célèbre académie, et son discours de réception fut encore sifflé, en dépit des règlements, et malgré le respect dû à la majesté du lieu.

Je l'avais félicité sur ses succès; je le consolai dans ses chutes, en lui montrant dans le lointain la postérité qui le vengerait de l'injustice de ses contemporains. Nous nous voyions tous les jours; mais jamais nous ne dînions ensemble. Il recevait chaque matin une invitation. Son esprit, son bon ton, ses manières agréables, le faisaient désirer à toutes les tables. Aussi avec quel mépris superbe il parlait des traiteurs! comme il plaignait mon sort d'être obligé de payer chez ces gens-là (il ne les appelait pas autrement) un dîner détestable, tandis que toute l'année il savourait, aux dépens d'autrui, des vins exquis et des mets délicieux! « Mon ami, me dit-il un jour, j'ai perdu ma journée. » Il n'avait pas dîné en ville. Je l'ai connu trente ans; c'est la seule fois qu'un pareil malheur lui soit arrivé. Je lui demandais souvent par quels moyens il avait su se procurer une existence aussi agréable? « C'est mon secret, me répondait-il;

vous ne le saurez qu'après ma mort. » Il m'a tenu parole.

La nuit du 3 au 4 septembre, nuit désastreuse! nuit effroyable! il fut enlevé à la littérature et aux tables dont il faisait les délices.

Par son testament, après une longue énumération de ses dettes, dont il assigne le remboursement sur le produit de ses pièces de théâtre, il me lègue un petit manuscrit de deux feuillets, intitulé :

MOYENS QUE DOIVENT EMPLOYER LES GENS DE LETTRES POUR ALLER DINER EN VILLE.

C'est ce manuscrit qui m'a fourni les traits principaux de mon poème.

L'ART
DE
DINER EN VILLE
A L'USAGE
DES GENS DE LETTRES.

CHANT PREMIER.

J'enseigne dans mes vers comment un pauvre auteur
Peut des banquets du riche atteindre la hauteur.
Je dirai par quels soins, par quel heureux manége,
Il saura conserver un si beau privilége,
Et, sans prendre jamais un verre d'eau chez lui,
S'asseoir, un siècle entier, à la table d'autrui.
Toi qui laisses à jeun tes favoris fidèles,
Savant régulateur du chœur des neuf pucelles,
Apollon, Dieu des vers, viens inspirer mes chants :
Ma Muse engraissera tes malheureux enfants.
Hélas ! sur le Parnasse ils font maigre cuisine;
On y dîne fort mal, si pourtant on y dîne.
Quoi ! n'est-ce donc, grand Dieu, n'est-ce que pour les
Que le ciel bienfaisant créa les bons morceaux? [sots
Mais, si Phébus est sourd à mon humble prière,
Jette sur mon sujet quelques traits de lumière,
Toi qui dans un seul jour dînais souvent trois fois,

O mon maître ! ô Montmaur[1] ! daigne écouter ma voix.
Descends de ton donjon ; communique à ma Muse
Les secrets importants qu'Apollon lui refuse ;
Ouvre-moi tes trésors ; dis comment d'un bon mot
A ceux qui te traitaient tu payais ton écot.
Age heureux ! siècle d'or ! où le poète à table
N'avait d'autre souci que celui d'être aimable.
Ah ! ce bon temps n'est plus. D'insensibles traiteurs
Osent, leur carte en main, poursuivre les auteurs.
Il faut rester au lit : tant il est difficile,
Dans ce siècle de fer, d'aller dîner en ville !

Jamais jusqu'à l'échine un poète crotté
A d'illustres banquets ne sera présenté.
De ces mets savoureux qu'un art brillant enfante
Il ne connaîtra point l'odeur appétissante.
C'en est fait ; qu'il renonce à ces vins que Bordeaux
Voit naître tous les ans sur ses brûlants coteaux.
Non, ce n'est pas pour lui qu'une liqueur mousseuse,
Et de sa liberté follement amoureuse,
Frémit dans sa prison, s'indigne de ses fers,
Et lance en pétillant son bouchon dans les airs.

Vous qui, le nez au vent, et la mine affamée,
D'une bonne cuisine épiez la fumée,
Vous à qui, dans ses dons, le ciel ne départit
Que l'ardeur de rimer et beaucoup d'appétit,
Sachez que, dans ce siècle où règne la sottise,
Mieux vaut Pradon couvert qu'Homère sans chemise.

Un sot, mis à la mode, est toujours fort bien vu.
Le mérite n'est rien ; on rit de la vertu,
Et l'honneur tant vanté, l'honneur est peu de chose
Mais, aux yeux du vulgaire, un habit en impose.
J'ai vu de vils laquais, échappés du Perron,
Recevoir, sans rougir, les honneurs du salon ;
Tandis que, condamné sur sa mauvaise mine,
L'interprète des Dieux mangeait à la cuisine.

Ainsi donc, de la mode étudiant les lois,
Il faut vous habiller pour la première fois.
Rejetez loin de vous ces étoffes grossières
Que Beauvais prépara pour le dos de vos pères ;
J'aime ce drap moelleux que Sedan a tissu
Pour embellir Mondor, jadis si mal vêtu ;
J'aime ce drap léger, dont la Tamise est fière,
Ce casimir soyeux, honneur de l'Angleterre,
Que chacun veut porter, depuis qu'il est proscrit....
Mais commençons d'abord par trouver un habit.
O toi, dont l'art a su réunir nos suffrages,
Toi qui fis d'Alembert et d'autres bons ouvrages[2],
Bienfaisante Tencin ! tu n'es plus ; ta bonté
Jadis de nos auteurs voilait la nudité ;
Tes *chausses de velours*[3], chères à leur mémoire,
Non moins que tes romans, éternisent ta gloire.
D'un riche et doux tissu nos poètes couverts
Affrontaient, grâce à toi, la rigueur des hivers.
Tu n'es plus. Ah ! permets qu'en ce burlesque ouvrage
D'un tendre souvenir je consacre l'hommage :
Les lettres et l'amour te pleureront long-temps.
Il suffit ; poursuivons nos travaux importants.
Suivez-moi. Voyez-vous cet ouvrier qu'on vante
Pour sa dextérité, pour sa coupe savante ?
D'un salut amical chatouillez son orgueil :
Des gens de cet aloi c'est le fatal écueil.
Approchez ; dites-lui que tous les arts sont frères,
Et doivent alléger leurs communes misères ;
Dites-lui, s'il le faut, pour attendrir son cœur,
Dites-lui qu'autrefois Apollon fut tailleur.
Les artistes du jour ont beaucoup de génie,
Mais ne sont pas très forts sur la mythologie.
Enfin, vous publiez un livre merveilleux,
Un poème en vingt chants ; faites luire à ses yeux
Son nom pompeusement cité dans la préface :

Un bon habit, je crois, vaut une dédicace.
Victoire! il est coupé! — Quoi? — Parbleu, votre
Allez-vous marchander? on le donne à crédit. [habit.
Mais comment le payer? Question inutile!
Il est de s'acquitter un moyen très facile,
Infaillible, et pourtant qui n'est pas très nouveau.
Ce soir, à Montansier, le spectacle est fort beau,
La pièce qu'on y joue est de vous tout entière:
Donnez à ce tailleur deux billets de parterre;
Qu'il admire le plan, le sujet et les vers,
Et que pour son paiement il fredonne vos airs.
Peut-être des huissiers la sinistre cohorte
Viendra-t-elle un matin assiéger votre porte.
Que craignez-vous? Riez de leur vaine fureur:
A-t-on jamais saisi les meubles d'un auteur?
Ne redoutez donc pas la justice importune:
J'ai trouvé votre habit, j'ai fait votre fortune.
Quittez cet air timide; il n'est plus de saison,
Et venez sur mes pas chercher l'amphitryon.
Archiviste fameux des meilleures cuisines,
Conduis-nous, cher Grimod, aux tables les plus fines.
Dans des temps plus heureux, on trouvait à Paris[4]
Des cercles renommés, où tous les beaux esprits,
Chassant les noirs chagrins, la sombre inquiétude,
De plaire et de manger faisaient leur seule étude.
Geoffrin les accueillait[5].... Cette bonne Geoffrin
Qui voulut réunir les *bêtes* de Tencin[6],
Geoffrin, que Marmontel pieusement honore,
Que célébrait Thomas, qu'un autre pleure encore.
Mais, quand, malgré les cris des auteurs gémissans,
La parque osa couper la trame de ses ans,
Une autre déité, la tendre Lespinasse[7],
Les recueillit encor, non loin de Bellechasse.
Son heureux abandon et ses douces langueurs,
Son air mélancolique, attiraient tous les cœurs.

Près d'elle on éprouvait un charme irrésistible ;
Plus jeune que Geoffrin, elle fut plus sensible,
Et sut, reine adorée en sa nombreuse cour,
Cultiver à la fois les lettres et l'amour.
Pourtant, jusqu'à sa mort on crut qu'elle était sage.
Je me tais ; mais Guibert en dirait davantage.
Bien d'autres, désirant vous entendre et vous voir,
Se disputaient entre eux l'honneur de vous avoir.
Les repas se pressaient pour la semaine entière ;
Vous dîniez aujourd'hui chez La Popelinière[8],
Et demain chez Beaujon.... jamais chez le traiteur.
Fatigué de ses pairs, souvent un grand seigneur,
Très connu par sa table et peu par ses ouvrages,
Pour le fauteuil vacant demandant vos suffrages,
Vous invitait en corps à dîner avec lui.
De sa sombre grandeur vous dissipiez l'ennui ;
Vos bons mots réveillaient sa langueur ennemie,
Car vous êtes fort gais... hors de l'académie.
Quelle époque pour vous, ô fortunés auteurs !
Vous étiez à la mode, autant que les vapeurs.
Paris, dans ces beaux jours gravés en ma mémoire,
Paris était pour vous un vaste réfectoire.
Vous souvient-il enfin que, dans un certain lieu,
On dînait bien, pour peu qu'on ne crût pas en Dieu?
Agréables banquets ! tables hospitalières !
Charmants amphitryons ! aimables douairières !
Vous avez disparu... Chez qui dînerons-nous ?
Un auteur ne doit pas, facile au rendez-vous,
D'un bourgeois économe, amphitryon vulgaire,
Partager tristement le très mince ordinaire.
Regardons en pitié des mets si peu coûteux.
Celui qui dans l'Olympe, à la table des dieux,
S'enivre tous les jours d'une liqueur choisie,
Ne boit que le nectar, ne vit que d'ambroisie,
Pourrait-il, sur la terre, ignoble dans ses goûts,

Déroger en mangeant d'insipides ragoûts?
Un dîner sans façon et sans cérémonie,
On l'a dit avant moi, *n'est qu'une perfidie.*
Mais surtout évitons la soupe des rentiers,
Et tendons nos filets chez de gros financiers.
Dans cette classe encore il est un choix à faire :
L'un est mesquin, avare, et fait très maigre chère ;
L'autre tient table ouverte et vit avec honneur.
Celui qui se ruine est toujours le meilleur.
Ainsi donc chez Mondor faites-vous introduire ;
Le hasard, un ami, pourra vous y conduire.
Mondor, ancien laquais, aujourd'hui financier,
De l'odeur de sa table embaume son quartier.
Jadis, quand il quitta son toit et son village,
Un modeste bâton formait son équipage.
A Paris débarquant, sans argent, sans amis,
Parmi la valetaille empressé d'être admis,
Il brigua chez un grand l'honneur de la livrée:
Tant son âme à la honte était bien préparée!
Bientôt la scène change: audacieux fripon,
Conduit par la fortune, il s'élance au Perron ;
Au fond d'une taverne y fixe sa demeure,
Et gagne, sans bouger, deux mille écus par heure.
Ce n'est pas tout: son front d'un honteux bonnet vert,
Au mépris de nos lois, s'étant trois fois couvert,
De l'aveugle Fortune il dirige la roue,
Relève un nom flétri qui traînait dans la boue ;
Au défaut de l'estime, usurpe la faveur,
Et d'une éponge d'or lave son déshonneur.
Dans un palais superbe, embelli par ses maîtres,
Oubliant l'humble chaume où vivaient ses ancêtres,
Il couchait sur la paille, il dort sur l'édredon,
Sur le crin élastique il jette à l'abandon
Ces membres vigoureux qui remuaient la terre
Et maniaient le soc fabriqué par son père.

Là, bercé dans les bras de son oisiveté,
La douce illusion flatte sa vanité.
Bientôt à son réveil un brillant équipage
De son faste insolent fait voler l'étalage,
Ebranle tout Paris, éclabousse les gens,
Met en feu le pavé, renverse les passants;
L'un tombe, l'autre crie et la foule murmure :
Noble délassement d'un faquin en voiture. [exquis;
Son goût n'est pas très pur; mais ses vins sont
Sa table est tous les jours ouverte aux beaux esprits,
Parasites lettrés, errants chez l'opulence,
Et véritable impôt sur les gens de finance.
On l'écoute et jamais on ne le contredit;
Plus il est ennuyeux, plus chacun l'applaudit.
Qu'il prononce à son gré sur la pièce nouvelle,
Du couple débutant qu'il juge la querelle,
Son arrêt, sans appel, est celui d'Apollon :
Quand on donne à dîner, on a toujours raison.
Au défaut de savoir, il a cette impudence
Que donne aux maltôtiers leur subite opulence.
Entendez-le : « Messieurs, je vous l'ai déjà dit,
» Ce Voltaire, entre nous, n'était pas sans esprit.
» Je le voyais souvent et le trouvais aimable;
» Il m'a lu son Irène : elle est fort agréable.
» Sa Lettre à l'archevêque est un joli morceau.
» Je n'en disconviens pas, je fais cas de Rousseau.
» Son Émile a du bon, sa Mérope est fort belle;
» Mais pourquoi publier cette horrible Pucelle?
» Je vous le dis encore : à tous nos grands auteurs
» Je préfère Piron... Il respecte les mœurs.
» Estimable écrivain! Sa Didon, ses cantiques,
» Ne peuvent offenser les oreilles pudiques.
» Hé! messieurs, sans les mœurs, les mœurs du bon
[vieux temps,
» Que deviendrait la Bourse? un affreux guet-apens,

» Et des spéculateurs la ruine commune;
» Il faudrait quatre mois pour y faire fortune;
» Le sucre et le café se vendraient bien moins cher;
» Les rentes sur l'état s'éleveraient au pair :
» Déjà pour en avoir, voyez comme on se presse!
» Alors tout est perdu, car je joue à la baisse.
» Les mœurs! messieurs, les mœurs! répétons-le [cent fois.
» Ainsi qu'Helvétius dans son Esprit... des lois. »
Tel est Mondor; j'ai peint ses travers, ses caprices;
Mes pinceaux indulgents n'effleurent pas ses vices.
Je vous vois à ces traits sourire de pitié;
Ah! si vous connaissiez sa bizarre moitié!

FIN DU PREMIER CHANT.

CHANT SECOND.

O mes amis ! fuyez ; fuyez le mariage :
C'est un état fort triste et peu fait pour le sage.
Que de troubles secrets ; que de soins ; que d'ennui,
Sombre tyran des cœurs ; il entraîne après lui !
A son joug odieux sachez donc vous soustraire ;
Laissez faire les sots ; ils peupleront la terre.
Mais si tous les démons ; contre vous déchaînés,
Vous ont ; dans leur fureur ; à l'hymen condamnés,
Méfiez-vous du moins d'une femme savante :
Mieux vaudrait mille fois une femme galante.
Ah ! le nouveau phénix ; le plus rare trésor,
La femme qui pour vous vaudrait son pesant d'or,
C'est celle dont l'esprit ; sans art et sans culture ;
Est tel qu'il est sorti des mains de la nature ;
Qui, bornant son savoir à nourrir ses enfants ;
Les couve avec orgueil de ses yeux triomphants ;
Qui jamais en public, Philaminte nouvelle,
Ne déclamant ces vers qu'un autre a faits pour elle,
Des bravos que prodigue un cercle adulateur
Repousse avec orgueil le flétrissant honneur.
Du financier Mondor telle n'est pas la femme ;
A de plus nobles soins elle a livré son âme.
Son cœur cosmopolite et de bonté pétri
Aime tous les humains, excepté son mari.

Loin d'elle les devoirs et le titre de mère ;
Ce sont des préjugés réservés au vulgaire.
Que d'autres à sa place élèvent ses enfants ;
Elle éclaire son siècle... elle fait des romans,
Embrasse d'un coup d'œil toute la politique,
Sonde les profondeurs de la métaphysique,
Analyse notre âme et ses affections,
Dans leurs détours obscurs poursuit nos passions,
Et prouve, d'après soi, que la mélancolie.
Est le type certain d'un sublime génie.
Elle a pris pour devise : *A l'Immortalité* ;
Sur son voile est écrit : *Perfectibilité.*
Elle résout d'un mot, en plaçant sa fontange,
Ces grandes questions qui terrassent Lagrange.
On voit sur sa toilette un Euler, un Pascal,
Salis et barbouillés de rouge végétal.
Elle trouve en Newton je ne sais quoi d'aimable,
Et l'algèbre a pour elle un charme inexprimable.
Le soir, dans un donjon, d'un regard curieux,
Au bout d'un astrolabe interrogeant les cieux,
Son œil observateur y poursuit la comète ;
Lalande tous les ans lui vole une planète.
A cette femme auteur, sophiste en cotillon,
Sachez plaire, ou bientôt, chassé de sa maison,
Il vous faudra sans bruit, pressé par la famine,
Porter votre appétit à quelque autre cuisine.
Vantez donc son mérite, et, menteur effronté,
D'éloges imposteurs flattez sa vanité.
« Du cercle d'Apollon c'est la dixième muse ;
» Elle efface Tencin, La Fayette et La Suse ;
» Sévigné n'eut jamais ce talent enchanteur,
» Ce style dont la force enlève le lecteur.
» On dirait que Vénus, dès qu'elle veut écrire,
» Aime à guider sa plume, et que Pallas l'inspire.
» Tout cède à son génie, et son roman nouveau

» De Genlis pâlissante éteindra le flambeau. »
Courage! mon ami, courage! Le scrupule,
Quand on n'a pas dîné, devient un ridicule.
Célébrez ses appas et même ses vertus;
Vantez tous ses romans que vous n'avez pas lus,
Et les vers qu'elle emprunte et les vers qu'elle achète.
Qui mentira, morbleu! si ce n'est un poète,
Un poète affamé?... Mais déjà dans son cœur
Le poison par degrés s'insinue en vainqueur.
Elle croit prendre place au temple de mémoire,
Et dans un songe heureux tend les bras à la gloire.
A sa table aussitôt vous serez invité :
Peut-on payer trop cher son immortalité?
N'acceptez pas d'abord; par une adroite amorce,
Résistez mollement, afin que l'on vous force :
Un ancien fournisseur vous attend chez Méot;
Mais qui dit fournisseur a presque dit un sot.
Vous n'aimez pas ces gens dont l'esprit est vulgaire;
Ils ont l'art d'ennuyer : dînez chez l'art de plaire.
Enfin, mon cher auteur, votre couvert est mis.
On se range, on se place, et je vous vois assis.
Respirons un moment et reprenons haleine.
Nous sommes arrivés, mais ce n'est pas sans peine.
De l'étroite mansarde où vous loge Apollon,
A cette illustre table, à ce brillant salon,
Mesurez le trajet, et du ciel, en silence,
Bénissez, mon ami, la douce Providence.
Oublier un bienfait, c'est un crime odieux!
Qu'un poète qui dîne en rende grâce aux dieux.
Payez d'un souvenir cet artisan utile,
Cet honnête tailleur, à vos vœux si docile :
Sans lui, sans cet habit dont il vous fit présent,
Vous dîneriez chez vous... et vous savez comment.
Mais un ventre affamé n'aura jamais d'oreilles;
Le vôtre, déjà prêt à faire des merveilles,

S'afflige du retard, et demande, tout bas,
Pourquoi, le couvert mis, le dîner ne vient pas.
On a servi... Des mets le pompeux étalage
Provoque sa fureur et l'excite au carnage.
A cet empressement, à cette noble ardeur,
Qui ne reconnaîtrait l'appétit d'un auteur?
Eh bien donc! j'y consens; il faut le satisfaire.
Pourtant il est encore un avis nécessaire.
Devez-vous manger peu? mangerez-vous beaucoup?
Boirez-vous sobrement? boirez-vous coup sur coup?
Recevez sur ce point d'une haute importance
Les utiles leçons de mon expérience.
Vous dînez aujourd'hui; mais est-il bien certain
Que la Fortune encor vous sourira demain?
On ne le sait que trop; la déesse est volage :
Mangez donc pour deux jours, c'est un parti fort sage.
Je sais bien que Salerne en décide autrement;
Son école vous dit : Mangez peu, mais souvent.
Ce précepte est fort bon; sans vouloir le combattre,
Vous mangez rarement, mangez donc comme quatre.
N'êtes-vous pas auteur? Cette profession
Vous a mis à l'abri d'une indigestion.
C'est un bienfait du ciel; sa bonté secourable
Daigne nous garantir des dangers de la table.
Par lui tout ici-bas est si bien ordonné,
Qu'auteur jamais n'est mort pour avoir trop dîné.
N'allez pas cependant vous gonfler de potage,
Sur un bœuf insipide assouvir votre rage;
Aux yeux des vrais gourmands vous passeriez bientôt
Pour un de ces bourgeois qui toujours de leur pot
Offrent à leurs amis la fortune mesquine,
Et dont la ménagère, en sa triste routine,
Ne sait rien qu'apprêter la soupe et le bouilli,
Et n'ose se permettre un très maigre rôti
Qu'à ces jours solennels qu'on nomme jours de fêtes.

Un enfant d'Apollon a des goûts plus honnêtes.
Gardez-vous d'imiter cet auteur campagnard
Chez un nouveau Crésus invité par hasard,
Qui parmi ces trésors qu'un art divin apprête
Ne trouvait rien de bon et détournait la tête.
Que dis-je? environné de mets délicieux,
Qui flattaient l'odorat, qui séduisaient les yeux,
Il regrettait tout haut sa rustique cuisine,
Son vin du cabaret et sa chère mesquine,
Et, du malin convive excitant le brocard,
Demandait qu'on lui fît une omelette au lard.
Choisissez vos morceaux. D'un appétit vulgaire
Modérez la fureur pour mieux la satisfaire.
Allons, préparez-vous. J'aperçois les laquais
Chargés de mets nouveaux, succombant sous le faix.
Mais que vois-je, bon Dieu! vous diriez que la terre,
Des plaisirs de Mondor esclave tributaire,
Pour réveiller les sens de ce nouveau Broussin,
A doublé les trésors qui naissent dans son sein.
Quelle profusion! mais ses goûts exotiques
Dédaignent ce qui plaît à nos palais rustiques :
Pour se le procurer il faut trop peu de soin;
Rien ne lui semble bon que ce qui vient de loin;
Et sa table, admirant sa parure étrangère,
Se couvre des présents d'un nouvel hémisphère.
En vain la politique, habile en ses ressorts,
D'une chaîne d'airain veut enceindre nos ports;
L'intérêt se les ouvre, et, traversant les ondes,
Rapporte chez Mondor les produits des deux mondes.
Ah! que fais-je? insensé! par un vers importun
J'irrite l'appétit de quelque auteur à jeun.
 Olympis, au teint blême, à la gueule affamée,
Du haut d'un galetas hume cette fumée
Dont l'agréable odeur, parfumant le quartier,
Monte, et va le trouver au fond de son grenier.

De ces mets inconnus la saveur nourrissante
Semble avoir ranimé sa verve languissante.
Il invoque sa muse ; il prend un *Richelet.*
Ses traits sont altérés ; son délire est complet.
Sur une chaise usée il trépigne, il s'agite ;
On dirait qu'Apollon et le presse et l'irrite :
Telle sur son trépied, pleine d'un saint transport,
Une vieille sibylle interroge le sort.
Il compose... Messieurs, craignons de le distraire,
Mais plaignons ses lecteurs, et surtout son libraire.
Quel bruit vient me frapper? Entendez-vous sa voix
Exhaler tristement ces plaintes sur les toits :
« Quoi! cet obscur Mondor, Turcaret méprisable,
» Savourant sous mes yeux les douceurs de sa table,
» Tranquille, jouissant de son heureux destin,
» Sans cesse irritera mes désirs et ma faim !
» Et moi, fils d'Apollon, moi qui, sur le Parnasse,
» Suis l'égal de Delille et marche auprès d'Horace,
» Moi, dont la verve heureuse, et qui ne peut tarir,
» Embellit le papier qu'elle fait renchérir ;
» Pour prix de tant de vers, pour tant de renommée,
» Je vivrai tristement de gloire et de fumée !
» J'irai dans l'antre obscur d'un sale gargotier
» Prendre un maigre dîner qu'encore il faut payer!
» Dois-je donc le souffrir? Non... Par cet Athénée
» Où, douze fois par an, ma tête couronnée
» Au dessus du public s'élève avec orgueil ;
» Par l'Institut enfin qui me tend un fauteuil,
» Je jure que, bravant la fortune contraire,
» Je cesse dès ce jour un jeûne trop austère.
» Qu'à sa table Mondor se prépare à me voir ;
» Sans crainte, à ses côtés, je vais, je vais m'asseoir;
» Et, dévorant ces mets dont l'odeur m'importune,
» J'aiderai ce traitant à manger sa fortune. »
Il dit, et, revêtu d'un habit tout poudreux,

Que les vers acharnés se disputent entre eux,
Aussi prompt que l'éclair il traverse la rue ;
La porte de Mondor déjà s'offre à sa vue.
Cependant l'appétit lui servant d'Apollon,
Il a, chemin faisant, de son Amphitryon,
Dans un sonnet pompeux improvisé l'éloge.
Il frappe.... Le portier, qui ronfle dans sa loge,
Se réveille en sursaut et tire le cordon.
Le poète s'élance....— Arrêtez ! votre nom ?
— Olympis ;... un avis d'une importance extrême
Exige qu'à Mondor je parle à l'instant même.
Il y va de ses jours.—Montez ; c'est au premier ;
L'on vous introduira. Le vigilant portier
A ces mots se rendort ; mais sa femme indiscrète
Par un coup de sifflet annonce le poète.
Malheureux Olympis ! tu pâlis de frayeur.
Ce fatal instrument a déchiré ton cœur.
O triste souvenir ! Tu crois que le parterre,
Qui toujours à tes vœux s'est montré si contraire,
Au son de ses sifflets te poursuit en ces lieux !
Mais un nuage obscur déjà couvre tes yeux.
Il chancelle ; bientôt ses membres s'engourdissent,
Sa force l'abandonne, et ses genoux fléchissent ;
Au pied de l'escalier, sans chaleur et sans voix,
Il tombe... Il tombe, hélas ! pour la dernière fois.
Plaignons son sort ; mais vous que le ciel secourable
Veut bien initier aux douceurs de la table,
Prolongez par vos soins un plaisir incertain ;
Je vous le dis encor : songez au lendemain.
De tous les animaux que l'appétit irrite,
Les auteurs, on le sait, digèrent le plus vite.
Quoi ! dans leur estomac le ciel a-t-il donc mis
Cette active chaleur qui manque à leurs écrits ?
Ou d'un pylore étroit l'indulgente nature
A-t-elle pour eux seuls élargi l'ouverture ?

Je l'ignore. Buffon, qui n'était pas un sot,
Dans ses savants écrits n'en a pas dit un mot.
Qui pourrait à nos yeux dévoiler ce mystère ?
Lacépède lui seul... mais il a mieux à faire.
Gardons-nous de traiter un si grave sujet ;
Nous connaissons le mal, prévenons-en l'effet.

FIN DU SECOND CHANT.

CHANT TROISIÈME.

Ingénieux enfants des bords de la Garonne,
Venez, que sur vos fronts je tresse une couronne.
Votre gloire, il est vrai, remplissant l'univers,
N'attend pas, pour briller, le secours de mes vers.
Dès long-temps vous savez, sur la scène comique,
Faire rire aux éclats le plus mélancolique.
Vos mensonges fameux, vos combats, vos bons mots,
Et surtout vos bons tours, impôt mis sur les sots,
Remplissent vingt recueils, œuvres récréatives,
De la gaîté gasconne immortelles archives.
En quoi pourraient mes vers accroître un tel renom?
Chers amis, je le sais ; mais de votre beau nom
Puis-je ne pas orner les pages d'un poème,
Où, pour nos écrivains, moderne Triptolème,
J'enseigne le grand art de dîner chez autrui ?
Jamais Gascon ne prit un verre d'eau chez lui.
Parasites que Rome et la Grèce ont vus naître,
Tombez à ses genoux, connaissez votre maître ;
Et toi, poète à jeun, dont le ventre affamé
Attend pour bien dîner ce poème imprimé,
Pour te mettre bientôt au nombre des adeptes,
Son exemple vaudra mieux que tous mes préceptes.
A de nobles festins veux-tu te maintenir ?

Le premier des talens est celui de mentir.
D'un rustre, d'un faquin encense les sottises ;
Comme des traits d'esprit vante ses balourdises ;
A ses fades bons mots, à ses grossiers lazzis,
Accorde, pour lui plaire, un aimable souris.
Dès qu'il ouvre la bouche, applaudis-le d'avance,
Et, s'il ne parle pas, admire son silence.
De ce manége adroit le succès est certain :
Mondor, se rengorgeant, t'invite pour demain.
Mais si des préjugés la voix se fait entendre,
Au rôle de flatteur si tu crains de descendre,
Retourne, philosophe, en ton sale grenier ;
Avec les rats voisins partage un mets grossier,
Et, pour le juste prix de ton noble courage,
Mange avec dignité ton pain et ton fromage.
Tu reviens : je poursuis mes utiles leçons.
Tous ces vains préjugés sont de vieilles chansons.
D'un chimérique honneur ne fais point étalage :
L'honneur, tyran des sots, est le jouet du sage.
A quoi bon conserver une sotte pudeur ?
L'usage a décidé : tout poète est menteur,
Horace le premier... Sais-tu pourquoi, dans Rome.
Mécène obtint jadis un brevet de grand homme,
Et, placé près d'Auguste, au siècle des beaux vers,
Partageait avec lui l'encens de l'univers ?
Pourquoi les beaux esprits, lui consacrant leurs veilles,
D'un rhythme adulateur chatouillaient ses oreilles,
Célébraient ses talents, vantaient tous ses aïeux,
Et le faisaient monter au rang des demi-dieux ?
Sais-tu pourquoi son nom, éloge magnifique,
Aux protecteurs des arts même aujourd'hui s'applique?
C'est que Mécène avait un fort bon cuisinier,
Un cuisinier artiste, expert en son métier ;
Des mets les plus friands sa table était fournie,
Horace, bien repu, s'écriait : Quel génie !

Ce que chez lui surtout il trouvait de divin,
Crois-moi, ce n'était pas ses aïeux, mais son vin.
Sans cet heureux nectar qu'à grands flots il fit boire,
Mécène aurait perdu tous ses droits à la gloire.
Des poètes à jeun les muses aux abois,
Alors, pour le chanter n'auraient plus eu de voix ;
Plus de vers, plus d'encens ; à des tables nouvelles
Horace eût récité ses odes immortelles.
Au-dessus de Mécène élève ce traitant
Dont le rare mérite est en argent comptant.
Tu peux même au besoin le proclamer Auguste,
Et la comparaison lui paraîtra fort juste !
Que ton esprit, fertile en prose comme en vers,
Célèbre ses vertus et ses talents divers.
Que de son nom gravé les lettres majuscules
D'un brillant frontispice ornent tes opuscules,
Et qu'un pompeux éloge offre à sa vanité
L'avant-goût savoureux de l'immortalité.
Peut-être voudra-t-il enlever cette crasse
Qui d'une croûte épaisse enveloppe sa race :
Caresse cette idée, et, d'Hozier à la main,
Dénature à l'instant quelque vieux parchemin.
A ses yeux éblouis exhume avec adresse,
Écrits en vieux gaulois, ses titres de noblesse ;
Et, nourrissant l'orgueil d'un rustre ambitieux,
Pour prix de ses dîners donne-lui des aïeux.
Ils tenaient autrefois un rang considérable :
L'un d'eux par Pharamond fut nommé connétable ;
A la chambre des pairs ils étaient tous assis
Auprès des Mortemarts et des Montmorencis.
Dans mille endroits divers nos plus vieilles chroniques
Racontent leurs exploits en termes magnifiques ;
Mais, sous Philippe-Auguste, une intrigue de cour
Les forçant de quitter ce perfide séjour,
Ces nobles exilés, amis de la nature,

Allèrent de leurs champs contempler la verdure,
Et, depuis, renonçant à de tristes honneurs,
Nouveaux Cincinnatus, dégoûtés des grandeurs,
Ils ont laissé dormir leur gloire héréditaire,
Et, par philosophie, ont labouré la terre.
Le sot ! il croira tout ; mais, pour mieux réussir,
Il est d'heureux instants qu'il faut savoir choisir.
Ne va point dès l'abord, en entrant sur la scène,
Crier à ce nigaud : Vous êtes un Mécène.
Attends que, des buveurs menaçant la raison,
Le pétillant Aï bouillonne en sa prison,
Et, prompt à terminer ses folâtres conquêtes,
Fasse, avec son bouchon, sauter toutes les têtes.
Alors tu peux tout dire ; alors tout est souffert :
Tel doute à l'entremets, qui croit tout au dessert.
Il est enfin venu le moment favorable
De payer ton écot par un couplet aimable ;
Que notre financière en soit l'unique objet :
Où pourrais-tu trouver un plus digne sujet ?
Dirai-je par quel art tes vers sauront lui plaire?
Ton intérêt l'exige, il faut le satisfaire.
De Boileau suranné dédaigne les avis :
Des préceptes nouveaux de nos jours sont suivis.
Ne dis rien comme un autre.... Offres-tu cette rose
Qui toujours, pour la rime, est fraîchement éclose?
Dans un couplet galant étale ce jargon
Qui charme, qui ravit nos femmes du bon ton.
« *Madame,* diras-tu, *je vous rends à vous-même.* »
Ce qui ne s'entend pas, voilà ce que l'on aime.
Un style entortillé cause certain plaisir
Qu'on ne définit pas, qu'on ne peut que sentir.
Ah ! que le naturel est une horrible chose !
Je le hais à l'excès. Je veux que sur la rose
Ton esprit bien tendu fasse cent calembours
Qu'on n'entendra jamais, qu'on redira toujours,
Qu'enfin ton nom fameux, jusqu'au rivage sombre,

D'un célèbre marquis aille importuner l'ombre.
O de Bièvre! ô mon maître! incomparable auteur!
Pourquoi sur ton déclin fis-tu *le Séducteur?*
Ainsi donc, que ta plume, à l'énigme exercée,
Ne nous laisse jamais deviner ta pensée.
Que tes petits couplets, à force d'être obscurs,
Deviennent le tourment des OEdipes futurs.
S'exprimer clairement, sans recherche pénible,
D'un esprit contrefait est le signe infaillible.
Que ne puis-je en ces vers, pour hâter tes progrès,
Du style précieux t'expliquer les secrets!
Mais il est dans ce genre un grand modèle à suivre:
C'est Demoustier. Ami, médite bien son livre.
Lui seul peut remplacer ces auteurs trop vantés,
Ces Grecs et ces Latins à tous propos cités,
Qui, dans leurs froids écrits qu'a dictés la nature,
Ne nous mettent jamais l'esprit à la torture,
Et n'ont reçu du ciel, avare en ses présens,
Qu'un sublime génie et beaucoup de bon sens.
Que Demoustier soit donc ta lecture ordinaire:
C'est avoir profité que de savoir s'y plaire.
Son talent cependant commençait à faiblir,
Parfois au naturel il semblait revenir.
Il n'est plus, et la mort à propos vint le prendre:
Car ses lecteurs surpris commençaient à l'entendre.
Mais si, comme ton cœur, ton esprit simple et pur,
N'ose encore aspirer à l'honneur d'être obscur;
Dégoûté des rébus que tout Paris admire,
Si pour être compris tu crois qu'il faille écrire,
Il est des lieux communs, et cependant fort beaux,
Qui, depuis deux mille ans, semblent toujours nouveaux.
Le *Trésor des Boudoirs* et l'*Almanach des Grâces*,
Vingt autres almanachs qui marchent sur leurs traces,
A ta muse novice offrent des vers heureux
Dont tu peux enrichir tes couplets amoureux.

Dans ces recueils où l'art embellit toute chose,
Chaque objet s'applaudit de sa métamorphose.
Le plus hideux visage et le plus rebutant
S'y transforme soudain en un astre éclatant.
Un poète, oubliant qu'elle est borgne et boiteuse,
Sous le nom de Philis chante sa ravaudeuse;
Ses yeux vifs et perçants lancent des traits vainqueurs
Qui commandent l'amour et captivent les cœurs.
Séduisante sans art, et belle sans parure,
Elle a de Vénus même emprunté la ceinture.
Aux chaleurs de l'été, sous un soleil brûlant,
Va-t-elle, pour cinq sols, dans un bain dégoûtant
Laver un corps crasseux et des appas immondes,
C'est encore Vénus sortant du sein des ondes.
Mais quoi! de mes leçons je te vois révolté?
Diviniser des sots outrage ta fierté.
Je n'ajoute qu'un mot, mais ce mot en vaut mille :
Flatter est le seul art d'aller dîner en ville.
Hé! n'avons-nous pas vu des poètes penseurs,
De ma triste patrie ardents réformateurs,
De ces grands qu'ils trouvaient si vains, si méprisables,
Philosophes gourmands, environner les tables?
Aux abus du pouvoir ils voulaient mettre un frein,
La dignité de l'homme était leur seul refrain;
Cependant, à l'affût des meilleures cuisines,
Ils savaient adoucir leurs farouches doctrines,
Et, pour de bons dîners vendant leur Apollon,
Ils dénigraient les rois, mais ils chantaient Beaujon.
Marche donc sur leurs pas... dans ce métier facile,
Le plus sot est souvent un homme fort habile;
La plus fade louange est toujours de saison.
Déjà je vois en toi l'ami de la maison.
Mais rendons ta victoire encor plus assurée;
Les maîtres sont à nous : conquérons la livrée.

FIN DU TROISIÈME CHANT.

CHANT QUATRIÈME.

Par d'insolents laquais, au regard effronté,
L'honnête parasite est souvent insulté.
On dirait que le ciel tout exprès les fit naître
Pour tourmenter les gens qui dînent chez leur maitre.
Mais surtout d'un auteur la mine leur déplaît;
Chaque morceau qu'il mange est un vol qu'il leur fait :
Aussi cette canaille à l'envi le brocarde ;
Frontin, d'un air moqueur, en passant le regarde;
Les autres de le voir paraissent étonnés;
Jusqu'au petit jokei qui vieut lui rire au nez;
Enfin le chien Griffon, instruit par leur malice,
Aboie à son approche et le mord à la cuisse.
Vainement sous les yeux d'un maître respecté,
Tu te crois à l'abri de leur malignité :
Ce valet, à ton air, qui te juge poète,
D'un ris mal étouffé pouffe sous sa serviette ;
Servir un pauvre auteur révolte sa fierté;
Il insulte tout bas à ta voracité.
Demandes-tu d'un plat? Il fait la sourde oreille;
En place de gigot t'apporte de l'oseille;
Ou bien, lorsqu'un morceau, non sans peine obtenu,
Flatte ton appétit trop long-temps retenu,
Écartant avec art ton avide fourchette,

Le traître l'escamote en le changeant d'assiette.
Etrangles-tu de soif? Il te donne du pain ;
C'est du pain qu'il te faut, il te verse du vin.
Heureux si quelquefois, pour combler ta détresse,
Le drôle, adroitement feignant la maladresse,
Sur ton unique habit, passe-port chez les sots,
D'un jus gras et brûlant n'épanche pas les flots.
Etouffe, quoi qu'il fasse, une race impuissante ;
Ménage des valets la rage malfaisante.
Il faut songer à tout : qui sait si, quelque jour,
Ce laquais, devenu maître et riche à son tour,
De l'hôtel de Mondor faisant même l'emplette,
Ne voudra pas encore hériter du poëte,
Et, pour prix d'un affront patiemment souffert,
Ne viendra pas t'offrir à sa table un couvert?
Digère, en attendant, ses gentilles malices ;
Fais plus : avec douceur offre-lui tes services.
Il ne sait pas écrire : à l'instant que ta main
Trace sous sa dictée une épître à Germain,
Un poulet à Nérine, un état des emplettes
Qu'avec un fort grand gain pour son maître il a faites ;
Pour Marton, s'il le faut, fais-lui quelques couplets.
Je te l'ai déjà dit, ménage les valets.
Il en est un surtout qui, par son ministère,
Peut être à tes desseins favorable ou contraire.
C'est celui qui, gardant le seuil de la maison,
Attentif au marteau, tient en main le cordon,
Voit quiconque entre ou sort, en passant l'interroge,
Et pour les visitants tient registre en sa loge.
Ah ! crains de lui déplaire ; il te dirait toujours :
« Ils sont à la campagne allés passer deux jours » ;
Ou bien : « Ils sont en ville ; ou : « L'on n'est pas visi-
Gagne donc de l'hôtel ce Cerbère inflexible. [ble. »
Ses enfants sont hideux, sales et contrefaits :
Vante leur propreté, leur bon air, leur teint frais.

Badine avec son chien ; sur le dos de sa chatte
Passe de temps en temps une main délicate.
Pour sa femme surtout de respect sois pétri :
Elle règne à la porte et mène son mari.
Elle est vaine, méchante et communicative.
Qu'en apparence au moins son babil te captive ;
Ecoute sans ennui ses éternels caquets
Sur elle et son époux, le frotteur, les laquais ;
Sur Monsieur, sur Madame et sur leur Demoiselle,
Sur l'ancienne soubrette ou bien sur la nouvelle,
Sur les voisins enfin. La loge d'un portier
Est le vrai tribunal où se juge un quartier.
Mais, plus puissant encore, un autre personnage
Demande tes respects, a droit à ton hommage :
C'est Marton. La livrée obéit à sa voix;
Souvent le maître même est soumis à ses lois.
De tes soins délicats qu'elle soit la conquête ;
Adresse-lui tes vœux... Tu détournes la tête!
Insensé! de Marton tu dédaignes le cœur!
Tant d'orgueil entre-t-il dans l'âme d'un auteur,
Et d'un auteur à jeun qui veut dîner en ville?
Vraiment il te sied bien d'être aussi difficile!
Moins altier, mais plus sage, un poète [9] autrefois,
Issu du même sang que celui de nos rois,
Oubliant à propos son auguste lignage,
Par un utile hymen payait son blanchissage ;
Et toi, tu rougirais de faire un doigt de cour!...
Ah! qu'au moins l'appétit te donne de l'amour.
Tu ne connais donc pas l'important ministère
Que Marton sait remplir dans l'ombre du mystère?
Soubrette n'eut jamais d'aussi rares talents :
C'est elle qui remet les poulets aux galants ;
Et, leur ouvrant le soir une porte secrète,
Leur fait voir sa maîtresse ailleurs qu'à sa toilette.
Enfin, goûtant le fruit de mes sages avis,

Tous les jours chez Mondor je vois ton couvert mis :
Tu règnes en ces lieux ; sa table est ton empire.
Présent, il te caresse ; absent, il te désire.
Admirant ton esprit, sa femme, chaque soir,
Pour te lire ses vers, t'appelle en son boudoir,
Te soumet ses romans, effroi de son libraire,
Et même avec bonté te permet de les faire.
Tout change : le jockei, moins vif et moins bouffon,
Daigne parfois répondre à ton salut profond ;
D'un regard dédaigneux, l'antichambre en silence,
Moins prodigue d'affronts, adoucit l'insolence.
Tu parais : aussitôt l'on t'annonce ; et Frontin,
Ce superbe laquais, si fier et si hautain,
Devenu tout à coup facile et débonnaire,
S'abaisse jusqu'à toi, te permet de lui plaire.
　La maison tout entière est prise en tes filets ;
Ta souplesse a conquis le maître et les valets.
Mais, quand on croit toucher au faîte de sa roue,
De notre illusion la fortune se joue.
　Elle a frappé Mondor d'un coup inattendu :
Ses projets sont détruits, son crédit est perdu.
Que dois-tu faire alors ? rester ? prendre la fuite ?
Dans le récit suivant tu liras ta conduite.
　Naguère dans Paris le traitant Floridor,
Dont tant de créanciers se souviennent encor,
Avait, en s'amusant, soit bonheur, soit adresse,
Gagné des millions à la hausse, à la baisse.
De ce profit honteux il usait noblement,
Mangeait comme un glouton et pensait sobrement.
　Cet heureux financier, enfant de la nature,
Était fort étranger à la littérature ;
Il violait la langue en tous ses plats discours,
Et dans nos bons journaux ne lisait que le *cours*.
Mais, la bourse fermée, il ne savait que faire.
A sa table du moins il voulait se distraire,

Et, pour chasser l'ennui qui galoppe les sots,
A nos mauvais auteurs servait de bons morceaux.
Il invitait sans choix ce fretin du Parnasse,
Qui, pour un bon dîner, offre une dédicace,
Ces écrivains féconds que l'on n'a jamais lus,
Ces enfants d'Apollon à leur père inconnus.
A leur tête, Damon, gourmand insatiable,
Tenait chez Floridor un rang fort honorable;
Il avait, le premier, dans des couplets charmants,
Chanté l'amphitryon, sa femme et ses enfants,
Son immense crédit, ses talents en finance,
Et de tous ses calculs l'heureuse prévoyance.
Même, le vin aidant, une fois au dessert,
Il l'appela tout bas successeur de Colbert.
   Aussi, dès qu'il avait déplié sa serviette,
Les mets les plus exquis assiégeaient son assiette.
On lui gardait toujours ce morceau du gigot
Qu'en un savant journal a célébré Grimod,
Ce morceau qu'un gourmand d'un œil avide observe,
Que l'adroit D*** avec soin se réserve,
Ce morceau savoureux, si cher aux amateurs,
Mais que ne connaît pas le peuple des mangeurs.
Le champagne pour lui recommençait sa ronde,
Et Bordeaux l'abreuvait de sa liqueur féconde.
   Hélas! ces jours heureux, et trop tôt éclipsés,
Par des jours de douleur se virent remplacés.
A peine sur la place un sinistre murmure
Eut-il de Floridor flétri la signature,
Et, du fatal bilan lugubre avant-coureur,
Aux pâles créanciers annoncé leur malheur,
Que l'on vit à l'instant les muses mercenaires
En foule se presser aux tables étrangères,
Et, fidèles à l'or, mais non pas à l'honneur,
A de nouveaux traitants se vendre sans pudeur.
Tels ces oiseaux frileux, sitôt que la nature

Par de tristes apprêts annonce la froidure,
S'assemblent à la hâte, et, fuyant nos frimas,
Passent par escadrons en de plus doux climats :
Tels on vit nos auteurs, parasites volages,
Fuir et porter ailleurs leurs vers et leurs hommages.
Où courez-vous? De grâce, arrêtez, imprudents !
Observez la cuisine et ses fourneaux ardents.
De votre amphitryon le sort est déplorable ;
Mais a-t-il annoncé qu'il réformait sa table?
  Damon n'imite pas ces faux amis du jour,
Qu'un désastre subit éloigne sans retour.
Fidèle à ses devoirs, à l'amitié fidèle,
Des Pylades futurs il sera le modèle.
  « Ne quittons pas, dit-il, un ami malheureux.
» L'infortune a des droits sur un cœur généreux.
» Moi seul adoucirai ses peines, ses alarmes ;
» Aux larmes qu'il répand je mêlerai mes larmes :
» Les pleurs que l'on confond paraissent moins amers;
» J'ai joui de ses bienfaits, partageons ses revers.
» Fuyez, amis trompeurs; allez, troupe importune,
» D'un traitant plus heureux adorer la fortune.
» L'intérêt vous prescrit cette infidélité ;
» Moi, je suis le conseil que l'honneur m'a dicté,
» Et, tant que Floridor conservera sa table,
» Il verra qu'il lui reste un ami véritable,
» Un de ces amis sûrs, si rares aujourd'hui :
» Oui, jusqu'au dernier jour, je dînerai chez lui. »
Fidèle à ce serment, Damon eut le courage
D'y manger plus souvent, d'y manger davantage.
On vanta son bon cœur, sa sensibilité.
Le trait était nouveau ; partout il fut cité.
Il devint le sujet d'un drame sans malice
Qui balança deux jours le succès de Jocrisse ;
Deux jours entiers la pièce attira tout Paris,
Et même les banquiers en furent attendris.

Du sensible Damon l'âme compatissante
Se livra tout entière à l'amitié souffrante :
Le matin il volait chez son cher Floridor,
Et le soir à souper on l'y trouvait encor.
Tendre consolateur, convive inébranlable,
Il partagea toujours ses malheurs et sa table.
Mais quand des créanciers l'insolente clameur,
Jusque sur la cuisine étendant sa fureur,
De vingt fourneaux brûlants vint éteindre la flamme :
» Ah ! ce dernier malheur doit accabler mon âme !
» Fuyons, dit-il, fuyons ; mes soins sont superflus :
» Comment vivre en ces lieux puisqu'on n'y dîne plus?»
Il dit et décampa... Banquiers, gens de finance,
Courtiers et cordons bleus de la Banque de France,
Chacun voulut l'avoir... Mais par l'honneur guidé
Il soutint constamment son noble procédé.
Toujours de Floridor il vantait le mérite ;
Soupirant, l'œil humide, excusait sa faillite.
Contre ses faux amis il s'indignait encor;
Sans cesse il l'appelait : Ce pauvre Floridor !
Et, par un de ces traits qu'un cœur sensible inspire,
Une fois à sa porte il vint se faire écrire.
C'est ainsi que ma muse égayait ses loisirs,
Lorsque deux Champenois [10], consultant nos plaisirs,
Démentaient leur pays par des *Lettres* aimables.
Des drames couronnés critiques équitables,
Ils condamnaient le plan, le sujet et les vers,
Et jugeant l'Institut qui juge de travers,
Des poëtes assis sur leur char de victoire
Déchiraient le laurier, et flétrissaient la gloire.
Quelle audace!... Pour moi, je crus, tant j'avais [peur,
Que les dieux irrités, signalant leur fureur,
Vengeraient cette injure, et qu'armés de leur foudre
Ils réduiraient soudain les Champenois en poudre.
Mais non ; nous avons vu triompher le bon goût :

Ainsi que l'Institut, la Champagne est debout.
Je l'avoue, elle attaque un tribunal auguste;
Mais que faire, Messieurs? Si la critique est juste,
Et si, sachant unir la grâce à la raison,
Nos Champenois du ciel ont reçu l'heureux don
D'amuser, de convaincre, et de plaire et d'instruire,
Le parti le plus sage est celui de les lire.

FIN DU QUATRIÈME ET DERNIER CHANT.

NOTES.

[1] PAGE 16, VERS 1.

O mon maître ! ô Montmaur !

Illustre parasite que son esprit, ses bons mots et son appétit ont immortalisé. Sallengre a publié des Mémoires sur ce grand homme. En les lisant, on croit lire une des vies de Plutarque.

Il fit d'abord le métier de charlatan à Avignon, où il gagna beaucoup d'argent; mais, un ordre du magistrat l'ayant fait sortir de cette ville, il vint à Paris, s'appliqua au droit, et se fit recevoir avocat. Enfin en 1623, Jérôme Goulu, professeur de langue grecque au Collège Royal, lui vendit sa chaire. Montmaur avait infiniment d'esprit, et même d'érudition; il avait lu tous les bons auteurs de l'antiquité; et, aidé d'une prodigieuse mémoire, jointe à beaucoup de vivacité, il faisait des applications très heureuses des traits les plus remarquables. Il est vrai que c'était presque toujours avec malignité, ce qui excita contre lui la fureur de tous ceux qui furent l'objet de ses plaisanteries.

Il logeait dans un donjon du collége de Boncourt, dans l'endroit le plus élevé de Paris, afin, disaient ses ennemis, de mieux découvrir la fumée des meilleures cuisines. Comme il recevait souvent deux ou trois invitations pour le même jour, craignant d'en manquer une seule, il fut obligé d'acheter un cheval, qui était toujours nourri aux frais de ceux qui invitaient son maître.

Admis chez toutes les personnes de qualité, Montmaur les amusait par ses ingénieuses réparties. Aussi disait-il souvent : *Qu'on me fournisse les viandes, je fournirai le sel.* Il le répandait à pleines mains aux tables où il se trouvait ; mais c'était surtout aux mauvais poètes qu'il en voulait. Un jour, chez M. de Mesmes, un rimeur détestable vantait beaucoup des vers qu'il avait composés en l'honneur d'un lapin. *Ce lapin-là n'est pas de garenne*, lui cria brusquement Montmaur; *servez-en d'un autre.* Il dînait chez M. le chancelier Séguier : en desservant, on laissa tomber du bouillon sur lui ; il dit, en regardant le chancelier, qu'il soupçonnait être l'auteur de cette plaisanterie : *Summum jus, summa injuria.* Jeu de mots fort ingénieux pour ceux qui entendent le latin.

Un domestique s'amusant à lui retirer son assiette, sans lui laisser le temps de manger une aile de poulet qu'on venait de lui servir, il lui donna sur la main un coup du manche de son couteau, en lui disant : *Apprenez à lire, mon ami, et ne prenez pas les ailes* (L) *pour des os* (O).

Les convives bavards lui étaient insupportables. Etant un jour à table avec plusieurs personnes qui parlaient fort haut, et ne s'arrêtaient jamais : *Eh! messieurs,* leur dit-il, *un peu de silence, on ne sait ce qu'on mange.*

Quelqu'un ayant dit que les médecins grecs soutenaient qu'il fallait dîner légèrement, mais manger davantage à souper, et que les Arabes, au contraire, croyaient qu'il fallait faire un léger souper, mais un bon dîner : *Eh bien !* dit Montmaur, *je dînerai avec les Arabes, et je souperai avec les Grecs.*

Un avocat, fils d'un huissier, résolut de le mortifier en dînant chez le président de Mesmes. Il convint avec d'autres convives de ne point le laisser parler : ils devaient se relever les uns les autres ; et dès que l'un aurait achevé de parler, un autre devait prendre la parole. Montmaur arrive, l'avocat crie : *Guerre ! guerre ! — Monsieur,* lui dit notre professeur, *vous dégénérez, car votre père a crié toute sa vie : Paix là ! paix là !* L'avocat fut si déconcerté, qu'il ne put dire un mot de tout le dîner.

On pourrait faire un joli recueil intitulé : *Montmauriana.* On mettrait en tête un abrégé de la vie de cet homme vraiment illustre, et ce petit volume serait le bréviaire de tous les auteurs qui vont dîner en ville.

[2] PAGE 17, VERS 12.

> Toi qui fis d'Alembert et d'autres bons ouvrages,
> Bienfaisante Tencin.

D'Alembert était fils de madame de Tencin et du chevalier Destouches ; il fut exposé sur les marches de l'église de Saint-Jean-le-Rond, et recueilli par une pauvre vitrière, qui lui donna tous les soins d'une mère tendre. On rapporte que madame de Tencin, lorsque les talents de ce fils commencèrent à jeter quelque éclat, voulut se faire connaître à lui, et que le jeune géomètre, peu sensible à cette marque tardive et équivoque d'amour maternel, répondit : *Je*

ne connais qu'une mère, c'est la vitrière. « J'aime
» à croire, dit M. Auger, auteur d'une excellente No-
» tice sur madame de Tencin, j'aime à croire que,
» dans cette occasion, son cœur se reprocha bien vi-
» vement d'avoir sacrifié le plus doux et le plus na-
» turel des devoirs au soin d'une réputation qu'elle
» avait déjà fortement compromise. »

Sa maison était le rendez-vous des savants et des gens de lettres. Fontenelle et Montesquieu étaient les personnages les plus assidus de sa société. « On
» ne pouvait, dit Duclos, avoir plus d'esprit, et elle
» avait toujours celui de la personne à qui elle avait
» affaire. » Douée de beaucoup de finesse et de vivacité, entourée continuellement d'hommes aimables et spirituels, il n'était pas possible qu'il ne lui échappât, soit des mots piquants, soit de ces traits d'observation ou de sentiment qu'on rencontre si souvent dans ses ouvrages. *Les gens d'esprit*, disait-elle, *font beaucoup de fautes en conduite, parce qu'ils ne croient jamais le monde assez bête, aussi bête qu'il l'est* Elle disait un jour à Fontenelle, en lui posant la main sur le cœur: *Ce n'est pas un cœur que vous avez là, mon cher Fontenelle; c'est de la cervelle comme dans la tête.* Le philosophe se reconnut dans ce mot, et ne s'en formalisa pas.

[3] PAGE 17, VERS 15.

Tes chausses de velours. . . .

Madame de Tencin donnait pour étrennes aux hommes de lettres admis chez elle deux aunes de velours; ils s'en faisaient faire des culottes. C'est à propos de ces deux aunes de velours que le respectable M. Delandine s'écrie avec une véhémence philosophique : « Hommes de lettres, vous êtes bien » plus respectables sous le vêtement simple et mo» deste qui vous couvre, que sous le velours fastueux. » Laissez aux riches ces décorations et ces vains at» tributs de la puissance. » Cette apostrophe est fort belle, sans doute ; mais le philosophe fait semblant d'ignorer que le velours est plus chaud que *le vêtement simple et modeste qui nous couvre*. J'ai vu encore dans ma jeunesse beaucoup de ces culottes de velours, et, en mon âme et conscience, ceux qui les portaient ne me paraissaient pas revêtus *des attributs de la puissance*. On n'en rencontre plus aujourd'hui, parce que, sans doute, elles auront disparu le jour où toutes les culottes furent proscrites en France.

4. PAGE 18, VERS 22.

Dans des temps plus heureux on trouvait à Paris.

Madame de Lambert donnait à dîner aux gens de lettres tous les *mardis*. Ces *mardis* sont devenus célèbres par les lettres de Lamotte et de madame la duchesse du Maine. Lamotte avait écrit à cette princesse, au nom du *mardi ;* la duchesse du Maine lui répondit :

« O mardi respectable ! mardi imposant ! mardi » plus redoutable pour moi que tous les autres jours » de la semaine ! mardi qui avez servi tant de fois au » triomphe des Fontenelle, des Lamotte, des Mairan, » des Montgault ! mardi auquel est introduit l'aimable » abbé de Bragelonne, et, pour dire encore plus, » mardi où préside madame de Lambert ! je reçois » avec une extrême reconnaissance la lettre que vous

» avez eu la bonté de m'écrire. Vous changez ma » crainte en amour, et je vous trouve plus aimable » que tous les mardis gras les plus charmants; mais » il me manque encore quelque chose, c'est d'être » reçue à votre auguste sénat. Vous voulez m'en » exclure en qualité de princesse; mais ne pourrais- » je pas y être admise en qualité de bergère? Ce se- » rait alors que je pourrais dire que le mardi est le » plus beau jour de ma vie. »

Lamotte répondit :

« En vérité, Madame, vos exclamations font trop » d'honneur au mardi. Connaissez mieux ce mardi; » mais ne me décelez pas; si je le trahis, songez que » je ne le trahis que pour vous. Ainsi, jusqu'aux au- » tels. Pour commencer par madame de Lambert qui » nous préside, apprenez qu'elle ne pense pas comme » la plupart du monde; qu'elle traite de frivole ce » qui est établi comme important, et qu'elle regarde » souvent comme important ce que beaucoup de bra- » ves gens traitent de frivole... A l'égard de M. de » Fontenelle, vous ne serez pas étonnée de l'enten- » dre traiter d'extraordinaire : c'est un homme qui a » mis le goût en principe, et qui, en conséquence, » demeurera froid où les Athéniens étouffaient de » rire, et où les Romains se récriaient d'admiration.... » Il faut trancher le mot sur M. Mairan : c'est une » exactitude, une précision tyrannique qui ne vous » fait pas grâce de la moindre inconséquence..... » L'abbé Montgault est tout plein de mauvais prin- » cipes : il nous a soutenu cent fois que les femmes » n'étaient faites que pour aimer et pour plaire..... » Vous voyez bien, Madame, qu'il n'y a que moi qui » vaille quelque chose. »

Outre le *mardi*, madame de Lambert avait encore un *mercredi*, où venaient quelques autres gens de lettres, mais moins célèbres. Un jour, les convives du *mardi* n'ayant pas été de l'avis de leur présidente sur une question qu'on agitait, elle feignit d'en être piquée, et dit qu'elle ne se tenait pas pour battue, et qu'elle porterait la question à son *mercredi, qui,* ajouta-t-elle, *valait mieux que son mardi.* On ne fit que sourire de cette préférence, et personne n'en fut blessé. *Mais, Madame,* dit avec finesse M. de Mairan, *oseriez-vous bien dire à votre mercredi qu'il ne vaut pas votre mardi?*

Après la mort de madame de Lambert, les convives se réunirent chez madame de Tencin, et ce fut chez cette dernière que Marmontel les rencontra. « Il y avait là, dit-il, trop d'esprit pour moi. Je m'aperçus qu'on y arrivait préparé à jouer son rôle, et que l'envie d'entrer en scène n'y laissait pas toujours à la conversation la liberté de suivre son cours facile et naturel. C'était à qui saisirait le plus vite, et comme à la volée, le moment de placer son mot, son conte, son anecdote, sa maxime ou son trait léger et piquant; et pour amener l'à-propos, on le tirait quelquefois d'un peu loin. Dans Marivaux, l'impatience de faire preuve de finesse et de sagacité perçait visiblement. Montesquieu, avec plus de calme, attendait que la balle vînt à lui, mais il l'attendait. Mairan guettait l'occasion. Astruc ne daignait pas l'attendre. Fontenelle seul la laissait venir sans la chercher. »

Vous n'aimez pas, dit madame de Tencin à Marmontel, ces assemblées de beaux esprits; leur présence vous intimide : eh bien! venez causer avec moi dans ma solitude.

C'est dans cette solitude que madame de Tencin lui donna des conseils si importants, que je me crois obligé de les transcrire ici. Ils intéressent tous les hommes de lettres.

« Malheur, lui dit-elle, à qui attend tout de sa plume. Rien de plus casuel. L'homme qui fait des souliers est sûr de son salaire. L'homme qui fait un livre ou une tragédie n'est jamais sûr de rien.

» Faites-vous plutôt des amies que des amis ; car, au moyen des femmes, on fait tout ce qu'on veut des hommes. Et puis ils sont, les uns trop dissipés, les autres trop préoccupés de leurs intérêts personnels, pour ne pas négliger les autres ; au lieu que les femmes y pensent, ne fût-ce que par oisiveté. Parlez ce soir à votre amie de quelque affaire qui vous touche ; demain, à son rouet, à sa tapisserie, vous la trouverez y rêvant, cherchant dans sa tête le moyen de vous y servir. Mais de celle que vous croirez pouvoir vous être utile, gardez-vous bien d'être autre chose que l'ami ; car, entre amants, dès qu'il survient des nuages, des brouilleries, des ruptures, tout est perdu. Soyez donc auprès d'elle assidu, complaisant, galant même, si vous voulez, mais rien de plus, entendez-vous ? »

Ces conseils sont d'autant plus précieux, qu'ils sortent de la bouche d'une femme vieillie dans l'intrigue.

[5] Page 18, vers 26.

Geoffrin les accueillait. . . .

Du vivant de madame de Tencin, madame Geoffrin allait souvent la voir. La vieille rusée pénétrait si bien le motif de ses visites, qu'elle disait à ses convives : *Savez-vous ce que la Geoffrin vient faire ici? Elle vient voir ce qu'elle pourra recueillir de mon inventaire*. En effet, à sa mort, dit Marmontel, une partie de sa société passa dans la société nouvelle. Mais celle-ci ne se borna pas à cette petite colonie; assez riche pour faire de sa maison le rendez-vous des lettres et des arts, et voyant que c'était pour elle un moyen de se donner dans sa vieillesse une amusante société et une existence honorable, madame Geoffrin avait fondé chez elle deux dîners : l'un, le lundi, pour les artistes ; l'autre, le mercredi, pour les gens de lettres. C'était un caractère singulier que le sien, et difficile à saisir et à peindre, parce qu'il était tout en demi-teintes, en demi-nuances, bien décidé pourtant, mais sans aucun de ces traits marquants par où le naturel se distingue et se définit. Elle était bonne, mais peu sensible; bienfaisante, mais sans aucun des charmes de la bienveillance ; impatiente de secourir les malheureux, mais sans les voir, de peur d'en être émue; sûre et fidèle amie et même officieuse, mais timide, inquiète en servant ses amis, dans la crainte de compromettre ou son crédit ou son repos. Elle était simple dans ses goûts, dans ses vêtements, dans ses meubles, mais recherchée dans sa simplicité, ayant, jusqu'au raffinement, les délicatesses du luxe, mais rien de son éclat ni de ses vanités ; modeste dans son maintien, dans ses manières, mais avec un fond de fierté et même un peu de vaine gloire.

Pour être bien avec le ciel, sans être mal avec son monde, elle s'était fait une espèce de dévotion clandestine ; elle allait à la messe comme on va en bonne fortune. Elle avait un appartement dans un couvent de religieuses et une tribune à l'église des Capucins, avec autant de mystère que les femmes galantes de ce temps-là avaient des petites maisons.

Elle écrivait purement, simplement et d'un style clair et concis, mais en femme qui avait été mal élevée et qui s'en vantait. Un abbé italien étant venu lui offrir la dédicace d'une grammaire italienne et française : *A moi, monsieur,* lui dit-elle, *la dédicace d'une grammaire ! à moi qui ne sais pas seulement l'orthographe !* C'était la pure vérité. Son vrai talent était celui de bien conter ; elle y excellait, et volontiers elle en faisait usage pour égayer la table, mais sans apprêts, sans art et sans prétention, seulement pour donner l'exemple : car des moyens qu'elle avait de rendre sa société agréable, elle n'en négligeait aucun.

[6]PAGE 18, VERS 27.

Qui voulut réunir les bêtes de Tencin.

Madame de Tencin appelait *ses bêtes* les gens de lettres de sa société. Un jour elle invita un grand seigneur à dîner avec *sa ménagerie.* C'était une plaisanterie, une contre-vérité obligeante. On sent bien que le nom de *bête* donné à Fontenelle n'était qu'une manière un peu moins commune de l'appeler un homme d'esprit.

[7]PAGE 18, VERS 32.

Une autre déité, la tendre Lespinasse.

« A propos de Grâces, dit Marmontel dans ses Mé-
» moires, parlons de celle qui en avait tous les dons
» dans l'esprit et dans le langage, et qui était la
» seule femme que madame Geoffrin eût admise à
» son dîner des gens de lettres : c'était l'amie de d'A-

» lembert, mademoiselle Lespinasse, étonnant com-
» posé de bienséance, de raison, de sagesse, avec
» la tête la plus vive, l'âme la plus ardente, l'imagi-
» nation la plus inflammable qui ait existé depuis Sa-
» pho. Ce feu qui circulait dans ses veines et dans ses
» nerfs, et qui donnait à son esprit tant d'activité,
» de brillant et de charme, l'a consumée avant le
» temps. Sa présence à nos dîners était d'un inté-
» rêt inexprimable. Continuel objet d'attention, soit
» qu'elle écoutât, soit qu'elle parlât elle-même (et
» personne ne parlait mieux); sans coquetterie, elle
» nous inspirait l'innocent désir de lui plaire; sans
» pruderie, elle faisait sentir à la liberté des propos
» jusqu'où elle pouvait aller sans inquiéter la pudeur,
» sans effleurer la décence.

» Son cercle était formé de gens si bien assortis,
» que, lorsqu'ils étaient là, ils se trouvaient en har-
» monie comme les cordes d'un instrument monté
» par une habile main. En suivant la comparaison,
» je pourrais dire qu'elle jouait de cet instrument
» avec un art qui tenait du génie; elle semblait savoir
» quel son rendait la corde qu'elle allait toucher. Je
» veux dire que nos esprits et nos caractères lui étaient
» si bien connus, que pour les mettre en jeu elle n'a-
» vait qu'un mot à dire. Et remarquez bien que les
» têtes qu'elle remuait à son gré n'étaient ni faibles,
» ni légères. Les Condillac, les Turgot, étaient du
» nombre. D'Alembert était auprès d'elle comme un
» simple et docile enfant. . . . .
. . . .

» Entre cette jeune personne et lui, l'infortune avait
» mis un rapport qui devait rapprocher leurs âmes:
» ils étaient tous les deux ce qu'on appelle enfants de
» l'amour......

» L'âme ardente et l'imagination romantique de

» mademoiselle Lespinasse lui firent concevoir le » projet de sortir de la médiocrité où elle craignait » de rester. Il lui parut possible que dans le nombre » de ses amis, et même des plus distingués, quel» qu'un fût assez épris d'elle pour vouloir l'épouser. » Cette ambitieuse espérance, plus d'une fois trom» pée, ne la rebutait point ; elle changeait d'objet, » toujours plus exaltée et si vive qu'on l'aurait prise » pour l'enivrement de l'amour. Par exemple, elle » fut un temps si éperdument éprise de ce qu'elle ap» pelait l'héroïsme et le génie de Guibert, que dans » l'art militaire et le talent d'écrire elle ne voyait rien » de comparable à lui. Celui-là, cependant, lui échap» pa comme les autres ; alors ce fut à la conquête du » marquis de Mora jeune Espagnol, d'une haute » naissance, qu'elle crut pouvoir aspirer. »

[8] PAGE 19, VERS 10.

Vous dîniez aujourd'hui chez la Popelinière.

M. de la Popelinière n'était pas le plus riche financier de son temps, mais il en était le plus généreux. Marmontel, admis dans sa société, y rencontra les artistes les plus célèbres, Rameau, Latour, Carle Vanloo, etc. C'était avec de tels hôtes que M. de la Popelinière aimait à se distraire de ses chagrins domestiques. Peu de maris en ont éprouvé d'aussi cuisants. « Vivons ensemble, disait-il à Marmontel, et laissez là, croyez-moi, ce monde qui vous a séduit comme il m'avait séduit moi-même. Qu'en attendez-vous? Des protecteurs? Ah! si vous saviez comme tous ces gens-là protégent? De la fortune? Eh! n'en ai-je pas assez pour nous deux? Je n'ai point d'enfants, et, grâces au ciel, je n'en aurai jamais. Soyez tranquille et ne nous quittons pas : car je sens tous les jours que vous m'êtes plus nécessaire. »

Jamais, suivant Marmontel, jamais bourgeois n'a mieux vécu en prince, et les princes venaient jouir de ses plaisirs. A son théâtre, car il en avait un, on ne jouait que des comédies de sa façon, et dont les acteurs étaient pris dans sa société. Ces comédies étaient d'assez bon goût et assez bien écrites pour qu'il n'y eût pas une complaisance excessive à les applaudir. Le succès en était d'autant plus assuré, que le spectacle était toujours suivi d'un souper splendide.

[9] PAGE 39, VERS 23.

Moins altier, mais plus sage, un poète autrefois.

C'est Dufresny. Le Sage, dans son *Diable Boiteux*, fait allusion à ce mariage : « Je veux envoyer, dit-il, » aux Petites-Maisons un vieux garçon de bonne fa- » mille, lequel n'a pas plutôt un ducat, qu'il le dé- » pense, et qui, ne pouvant se passer d'espèces, est » capable de tout faire pour en avoir. Il y a quinze » jours que sa blanchisseuse, à qui il devait trente » pistoles, vint les lui demander, en disant qu'elle en » avait besoin pour se marier à un valet de chambre » qui la recherchait : *Tu as donc d'autre argent*, » lui dit-il, *car où est le valet de chambre qui vou-* » *drait devenir ton mari pour trente pistoles ?* — » *Hé ! mais*, répondit-elle, *j'ai encore outre cela* » *deux cents ducats.* — *Deux cents ducats !* répli- » qua-t-il avec émotion. *Peste ! tu n'as qu'à me les* » *donner à moi, je t'épouse et nous voilà quitte à*

» *quitte ;* et la blanchisseuse est devenue sa femme. »

Dufresny passait pour petit-fils de Henri IV.

[10]PAGE 43, VERS 24.

Lorsque deux Champenois.

Dans l'origine, nous ne connaissions qu'un seul *Champenois ;* mais, après de pénibles recherches, nous sommes parvenus à découvrir qu'il en existait un second. Le public, qui se contente de s'instruire et de s'amuser en lisant leurs *Lettres* mordantes, s'embarrasse fort peu de cette découverte ; mais elle sera très utile à tous les savants qui s'occupent de l'histoire littéraire, et notamment à M. Barbier, auteur du *Dictionnaire des Anonymes et Pseudonymes.*

P. S. Au moment où nous écrivons cette note, un troisième Champenois se présente dans l'arène et vient de publier, à Châlons, un supplément aux *Lettres* publiées à Paris.

EXTRAIT

D'UN GRAND OUVRAGE

INTITULÉ :

BIOGRAPHIE DES AUTEURS

MORTS DE FAIM.

EXTRAIT
D'UN GRAND OUVRAGE

INTITULÉ :

BIOGRAPHIE DES AUTEURS

MORTS DE FAIM.

Homère, qu'ils appellent le prince des poètes, était, sans contredit, le roi des gueux. Il allait de ville en ville, récitant ses vers pour avoir du pain. Je sais qu'après sa mort sept villes se disputèrent l'honneur de l'avoir vu naître. Cela est très honorable sans doute ; mais n'auraient-elles pas mieux fait de se cotiser pour lui faire une petite pension pendant sa vie? Je dis petite, parce que Homère n'aurait pas été fort exigeant, et aurait senti qu'on ne pouvait pas lui donner autant qu'à un comédien ou à un gladiateur. Vous serez immortels ; mais commencez d'abord par mourir de faim... Voilà la destinée des poètes.

Il semble que, de tous les genres de poésie, l'épopée soit celui qui rapporte le moins. Le Tasse se trouva réduit à un tel état de dénûment qu'il fut obligé d'emprunter un petit écu pour vivre une semaine; il alla tout couvert de haillons, depuis Ferrare jusqu'à Sorrento, dans le royaume de Naples, pour y visiter une sœur qui y demeurait, et, si l'on en croit Voltaire, il n'en obtint aucun secours. Ce poète fait allusion à sa pauvreté dans un joli sonnet qu'il adresse à sa chatte, en la priant de lui prêter l'éclat de ses yeux :

Non avendo candele per escrivere i suoi versi,

n'ayant point de chandelle pour écrire ses vers.— Il est vrai que, le lendemain du jour où il mourut, il allait être couronné au Capitole par le pape Grégoire VIII ; mais les juifs de la Lombardie ne lui auraient pas prêté un sou sur sa couronne de laurier.

Milton eut beaucoup de peine à vendre son *Paradis perdu*; enfin le libraire Thompson lui en donna dix livres sterling, en stipulant que la moitié du prix ne serait payable que dans le cas où cet ouvrage aurait une seconde édition.—Ce poème a valu plus de cent mille écus à la famille du libraire...

Au reste, si Milton vécut pauvre, ce fut de sa faute. Il avait été zélé républicain, et, à l'époque de la restauration, il crut sottement qu'il devait conserver son opinion et ses principes.

Le Camoëns avait pour tout revenu une pension de vingt écus que lui faisait le roi Sébastien, à la cour duquel il était obligé de paraître tous les jours. —Le soir, il envoyait un esclave mendier de porte en porte. Cet esclave, plus sensible que les compatriotes de ce poète illustre, l'avait suivi à son retour des Indes et ne voulut jamais l'abandonner. Le Camoëns mourut, si l'on en croit quelques écrivains, dans un hôpital où ses protecteurs eurent la bonté de le faire transporter. La générosité et l'admiration de ses concitoyens éclatèrent après sa mort. On mit cette épitaphe sur son tombeau : *Ci gît Louis Camoëns, le prince des poètes de son temps.*

Cervantes vécut dans l'indigence. Ses premiers essais ne l'empêchèrent pas d'être valet de chambre du cardinal Aquaviva. Ses comédies, qui eurent le plus grand succès, son admirable *Don Quichotte*, ne purent le tirer de la misère. La cour, où son mérite était bien connu, ne fit rien pour lui. On rapporte que Philippe III, étant un jour sur un balcon de son palais, aperçut un étudiant qui lisait un livre avec la plus grande attention, et qui de temps en temps interrompait sa lecture pour se frapper le front avec des signes extraordinaires de plaisir. « Ce jeune homme, dit-il, a perdu la tête ou il lit *Don Quichotte*. » Aussitôt les courtisans coururent vers l'étudiant pour savoir quel livre il lisait, et trouvèrent que la conjecture du roi était juste. C'était sans doute un éloge bien flatteur pour Cervantes; mais il ne fut suivi d'aucun bienfait; et celui qui en était l'objet mourut pauvre comme il avait vécu.

Arioste se plaint souvent de sa pauvreté dans ses satires. Il occupait une maison très petite. Ses amis lui demandant pourquoi, après avoir décrit dans son *Roland* tant de palais somptueux, il avait bâti une maison aussi mesquine, il répondit : « Qu'il était plus facile d'assembler des mots que des pierres. »

Il fut cependant gouverneur d'une province de l'Apennin; mais les poètes ne sont pas propres à remplir de grandes places; ils ne savent pas s'enrichir.

L'ingénieux auteur de *Gil Blas*, étranger aux douceurs que procure une aisance honnête, habita long-temps une petite chaumière aux environs de Paris, pendant que ses ouvrages faisaient la fortune des libraires. Si l'on en croit les mémoires du temps, deux particuliers se battirent en duel, après s'être disputé le dernier exemplaire de la seconde édition du *Diable boiteux*. Dans sa vieillesse, Le Sage fut obligé de se retirer, avec sa femme et ses filles qu'il n'avait pu marier, chez un de ses fils, chanoine de Saint-Omer.

Tristan auteur de *Mariamne*, et d'autres tragédies qui furent toutes représentées avec un grand succès, *passait*, dit Boileau, *l'été sans linge* et *l'hiver sans manteau*. Il se plaint sans cesse, dans ses vers, de son indigence. Voici son épitaphe qu'il composa lui-même :

Ebloui de l'éclat de la faveur mondaine,
Je me flattai toujours d'une espérance vaine.
Faisant le chien couchant auprès d'un grand seigneur,
Je me vis toujours pauvre et tâchai de paraître.
Je vécus dans la peine, attendant le bonheur,
Et mourus sur un coffre en attendant mon maître.

Louis XIV demanda un jour à Racine ce qu'il y avait de nouveau dans la littérature; le poète répondit qu'il venait de voir le grand Corneille mourant et manquant de tout, même de bouillon; le roi garda le silence et envoya un secours à Corneille. Quinault vécut fort à son aise; mais il faisait des prologues.

Où serait mort La Fontaine, si, après avoir passé près de vingt ans chez madame de la Sablière, il n'eût trouvé un asile chez M. d'Hervart? J'ai appris, lui dit cet ami compatissant, j'ai appris la mort de madame de la Sablière, et je viens vous proposer de venir demeurer chez moi. —J'y allais, répondit La Fontaine.

Duryer, auteur de *Scévole*, que les comédiens feraient bien de remettre au théâtre, et de plusieurs autres tragédies, travaillait à la hâte pour faire subsister sa famille du produit de ses ouvrages. Le libraire Sommaville lui donnait un écu par feuille. Le cent de vers alexandrins lui était payé quatre francs, et le cent de petits, quarante sous : encore le libraire avait-il exigé que ces vers fussent *rendus chez lui*. Une des filles du poète venait de la campagne une fois par semaine, traversait à pied le faubourg Saint-Antoine et une partie de la ville, pour livrer à Sommaville l'ouvrage de son père. Vigneul de Marville (le P. Bonaventure d'Argonne) fait une peinture touchante de la détresse de ce poète infortuné. « Nous allâmes le voir par un beau jour d'été, » dans un village obscur, à une petite distance de la » ville. Il nous reçut avec joie, nous parla de ses nom- » breux projets, et nous montra plusieurs de ses ou- » vrages ; mais ce qui nous intéressa le plus, c'est que, » craignant de nous faire voir sa pauvreté, il résolut » de nous procurer quelques rafraîchissements. Nous » nous plaçâmes à l'ombre d'un gros chêne orné d'un » épais feuillage ; la nappe fut mise sur le gazon ; sa » femme nous apporta du lait, et il nous servit des » cerises, avec de l'eau fraîche et du pain bis. Il nous » reçut avec beaucoup de gaîté ; mais nous ne pûmes » prendre congé de cet homme estimable, qui était » d'un âge avancé, sans verser des larmes en le » voyant si maltraité de la fortune. »

Dufresny devait trente pistoles à sa blanchisseuse ; il l'épousa afin de s'acquitter. *Pauvreté n'est pas vice,* lui disait un jour un de ses amis. *C'est bien pis,* répondit le poète. Au reste, il faut convenir que la sienne était la suite de sa mauvaise conduite ; et Voltaire a eu raison de dire :

> Et Dufresny, plus sage et moins dissipateur,
> Ne fût pas mort de faim, digne mort d'un auteur.

On a dit de l'abbé Pellegrin :

Le matin catholique et le soir idolâtre,
Il dînait de l'autel et soupait du théâtre.

L'archevêque de Paris le força d'opter, et il préféra le théâtre, qui lui rapportait plus que l'autel. C'est à cette époque qu'il établit un magasin dans lequel on trouvait pour un prix très modique : *chansons, sermons, madrigaux, panégyriques, épithalames, cantiques, rôles de princesses, de confidentes, etc.*

Ce commerce ne l'enrichit pas. Il vivait pauvrement et était fort mal vêtu. Un mauvais plaisant lui ayant demandé un jour à quelle bataille son manteau avait été percé de trous : *A la bataille de Cannes*, répondit l'abbé, tombant à coups de canne sur l'impertinent qui insultait à sa misère. — Lorsqu'on joua son opéra de *Loth*, au moment où l'acteur chantait : *L'amour a vaincu Loth*, on cria du parterre : *Qu'il en donne une à l'auteur.*

A la première représentation d'un autre opéra, on arrêta, comme coupeur de bourses, un individu qui disait sans cesse à son voisin : *Faut-il couper?* C'était un tailleur. L'abbé Pellegrin lui avait demandé un habit. L'artiste n'avait consenti à le faire que dans le cas où l'opéra réussirait, et il avait mené avec lui un de ses garçons, dont le bon goût lui était connu. C'est à ce garçon qu'il demandait à chaque instant s'il pouvait *couper* l'habit de l'auteur.

D'Allainval, auteur de l'*Ecole des Bourgeois*, mourut à l'Hôtel-Dieu, le 3 mai 1753. J'invite MM. les auteurs du nouveau *Dictionnaire historique* a compulser les registres des hospices : ils y trouveront des renseignements bien précieux, qu'ils chercheraient en vain ailleurs.

Il est à remarquer que ce pauvre d'Allainval, qui

n'avait ni feu ni lieu, a donné aux Italiens une fort jolie pièce, intitulée l'*Embarras des richesses*.

Boissy, auteur de plusieurs comédies, dont quelques unes sont restées au théâtre, vécut long-temps dans une affreuse détresse. Il la cachait avec soin. Trop fier pour demander des secours, il s'enfermait chez lui et s'imposait toutes sortes de privations. Enfin le découragement s'empara de lui, ainsi que de la malheureuse femme qui partageait son sort; ils résolurent l'un et l'autre de céder à leur destinée et de se laisser mourir de faim. Quelques voisins charitables apprirent ce funeste dessein; ils pénétrèrent dans la retraite de Boissy, et, par de prompts secours, de douces consolations, parvinrent à le réconcilier avec la vie.

Le jour de la première représentation de l'*Amant jaloux*, l'auteur (D'hele) écrivit à Grétry :

« Il ne m'est pas permis d'aller chez vous; venez » donc chez moi tout de suite, et apportez environ » dix louis, sans quoi je vais au For-l'Evêque au » lieu d'aller ce soir aux Italiens. »

Son lit, c'est Grétry qui parle, était entouré d'huissiers. D'hele s'était laissé condamner par défaut à l'instance de la femme qui lui avait dépensé sa fortune, et qui exigeait encore le loyer de la chambre qu'elle lui avait donnée chez elle.

Etant un jour chez un de ses amis, il se revêtit d'une culotte dont il avait besoin et sortit. L'ami rentre, et en s'habillant ne trouve pas tout ce qu'il lui fallait. M. D'hele seul était entré, mais on n'osait le soupçonner; cependant, le soir, au Caveau, l'ami, posant la main sur la cuisse de D'hele, lui dit : Ne sont-ce pas là mes culottes? Oui, répondit D'hele : je n'en avais pas.

Je l'ai vu long-temps, dit toujours Grétry, je l'ai

vu long-temps presque nu. Il n'inspirait pas la pitié; sa noble contenance, sa tranquillité, semblaient dire: Je suis homme, que peut-il me manquer?

Agrippa, qu'on accusait d'être en commerce avec le diable, ne sut pas profiter de cette liaison pour s'enrichir. Il mendia long-temps en Allemagne, en Angleterre et en Suisse; et après avoir passé une partie de sa vie en prison, il mourut à l'hôpital de Grenoble.

Henri Estienne, auteur d'une excellente version d'Anacréon en vers latins, et d'autres ouvrages estimés, mourut à l'hôpital de Lyon à l'âge de soixante-dix ans, et son petit-fils Antoine termina ses jours à l'Hôtel-Dieu de Paris, âgé de quatre-vingts ans.

Notre savant historiographe André Duchesne, qui avait recueilli avec tant de soin toutes les pièces authentiques servant à l'histoire de France, se vit obligé de fagoter à la hâte des ouvrages médiocres et de prostituer son talent pour avoir du pain. Bientôt la misère le chassa de Paris. Il se retira dans une petite ferme qu'il avait en Champagne, et se tua en tombant du haut d'une charrette chargée de foin.

L'historien Varillas vivait de peu, avec de bons ecclésiastiques. *Semper parcè et duriter se habebat.* Son appartement était un galetas, où le soleil régnait pleinement en été, et le froid en hiver. Ses fenêtres étaient mal fermées, et sa cheminée était sans feu. Un lit mal garni, trois ou quatre chaises usées, une table vermoulue, une lampe, une écritoire, peu de livres et beaucoup de manuscrits, faisaient toute sa richesse. Il était si mal vêtu que Furetière, dans son Dictionnaire satirique, parle des cordes de son manteau où la vermine vivait mal à son aise.

Vaugelas, écrivain estimé, auteur d'une bonne traduction de *Quinte-Curce* et d'excellentes remarques sur la langue française, se tenait caché dans un petit coin de l'hôtel de Soissons pour éviter la poursuite de ses créanciers. Il mourut très pauvre, et légua son corps aux chirurgiens pour payer une partie de ses dettes.

La Bruyère a décrit dans ses *Caractères* l'état dans lequel il s'est trouvé long-temps. — « Qu'on ne me » parle plus d'encre, de papier, de plumes, de style, » d'imprimeur; je renonce à ce qui a été, qui est et » qui sera livre... Suis-je mieux nourri et mieux vêtu? » Suis-je, dans ma chambre, à l'abri du nord? Ai-je » un lit de plume, après vingt ans entiers qu'on me » débite dans la place? J'ai un grand nom, dites-» vous, et beaucoup de gloire ; dites que j'ai beau-» coup de vent qui ne sert à rien. Ai-je un grain de » ce métal qui procure toutes choses? »

Diderot fut long-temps obligé de donner des leçons pour vivre; il faisait aussi des sermons. Un missionnaire lui en commanda six, qu'il lui paya cinquante écus. L'auteur estimait cette affaire une des meilleures qu'il eût faites.

Tout est cher à Paris, et surtout le pain, disait un écrivain, et cet écrivain était Jean-Jacques Rousseau! Dans les commencements, il allait tous les jours prendre une demi-tasse au café Procope: la conversation des gens de lettres qui s'y réunissaient était pour lui un délassement agréable; mais bientôt sa bourse l'avertit qu'elle ne pouvait pas long-temps suffire à cette dépense. Il n'alla plus au café que de deux jours l'un, et, un mois après, il cessa tout-à-fait d'y aller.

Malfilâtre était en proie à la misère et à ses créanciers lorsqu'il commença son poème de *Narcisse*. M. de Savine, évêque de Viviers, alla le voir, et *trouva* (ce sont ses termes) *le jeune homme le plus aimable dans les horreurs de l'indigence, et dans les frayeurs continuelles d'être arrêté et emprisonné à cause des dettes qu'il avait contractées.* Il engagea Malfilâtre à se soustraire pour quelque temps aux poursuites de ses créanciers, en changeant de nom et de résidence, et loua pour lui un petit appartement à Chaillot. Le poète s'y retira sous le nom de *La Forêt*, et au bout de quelques mois il y eut achevé son poème de *Narcisse*. Peu après, il tomba sérieusement malade. Cependant, une femme à qui il devait, ayant découvert sa retraite, l'y vint trouver. Malfilâtre, en la voyant, se crut perdu. « Rassurez-» vous, lui dit cette excellente femme; je ne viens » point vous demander mon argent, mais vous invi-» ter à venir à Paris, chez moi, où vous recevrez » les secours dont vous aurez besoin. » Malfilâtre accepta la proposition. Cette femme compatissante et généreuse, dont le nom mérite d'être connu, s'appelait madame La Noue; elle était tapissière et demeurait près de l'église Saint-Germain-l'Auxerrois. Elle prit les plus grands soins de Malfilâtre; mais l'état de cet infortuné jeune homme était devenu incurable. Après deux ou trois mois de souffrances, il mourut chez madame La Noue, âgé de trente-quatre ans. Gilbert a dit :

La faim mit au tombeau Malfilâtre ignoré;
S'il n'eût été qu'un sot, il aurait prospéré.

Ce même Gilbert était, dit fort délicatement La Harpe, *au pain de l'archevêque de Paris et au vin de Fréron.* Il paraît que ces secours étaient insuffisants, car Gilbert mourut très malheureux, et c'est à l'Hôtel-Dieu de Paris qu'il termina, dans le désespoir et la misère, une vie trop courte pour les lettres et pour sa gloire.

Après la chute de *Gustave*, La Harpe se trouva dans une détresse cruelle. Voltaire lui proposa de venir avec sa femme passer quelque temps à Ferney pour rétablir ses affaires; La Harpe y demeura treize mois. Pendant son absence, Dorat mit en mouvement toutes ses coteries pour nuire à celui qu'il croyait être son ennemi. Voltaire, effrayé pour son protégé, s'abaissa jusqu'à écrire à Dorat une lettre suppliante. « Je vous prie, lui disait-il, je vous prie » de considérer que c'est un jeune homme qui a au- » tant de talent que peu de fortune.»

La Harpe tomba à cette époque dans un tel découragement qu'il fut sur le point d'accepter une éducation à cinq cents lieues de sa patrie.

L'abbé Raynal, jeune et pauvre, accepta une messe à dire tous les jours pour vingt sous. S'étant enrichi en déclamant contre la traite des nègres, et en prenant un intérêt sur un vaisseau négrier, il céda sa messe à l'abbé de la Porte, en retenant huit sous dessus. Celui-ci, devenu moins gueux par le moyen de ses compilations, la sous-loua à l'abbé Dinouart, en retenant quatre sous outre les huit sous de l'abbé Raynal; si bien que cette pauvre messe, grevée de deux pensions, ne valait que huit sous à l'abbé Dinouart.

M. de Chabrit promettait à la France un écrivain du premier ordre. M. Garat, après avoir analysé dans le *Mercure de France* l'ouvrage de cet auteur intitulé *De la Monarchie française et de ses Lois*, s'exprime ainsi : « Au moment même que nous félicitions » ainsi M. de Chabrit de ses progrès, que nous l'invi- » tions à de nouveaux progrès encore, une destinée » malheureuse terminait les jours de ce jeune écri- » vain, et l'entraînait au tombeau au milieu de son » ouvrage et de sa carrière. Né sans fortune, exposé

» à tous les besoins de l'homme et n'occupant son » esprit que des besoins des nations, le malheur, et » des chagrins que le désespoir lui a fait trop tôt ju- » ger éternels, ont empoisonné et fini sa vie. »

L'abbé de Molière était un homme simple et pauvre, étranger à tout, hors à ses travaux sur Descartes. Il travaillait dans son lit, faute de bois, sa culotte par dessus son bonnet, les deux côtés pendant à droite et à gauche. C'est dans cette position qu'il se vit enlever un jour le fruit de ses faibles épargnes. Les circonstances de ce vol sont si singulières, que je veux, en les rapportant, égayer un peu ce tableau des misères littéraires. Un matin, l'abbé de Molière entend frapper à sa porte. — Qui est là ? — Ouvrez. (Il tire un cordon et la porte s'ouvre.) — Qui êtes-vous ? — Donnez-moi de l'argent. — De l'argent? — Oui, de l'argent. — Ah ! j'entends, vous êtes un voleur. — Voleur ou non, il me faut de l'argent. — Vraiment oui, il vous en faut. Eh bien ! cherchez là-dedans (Il tend le cou, et présente un des côtés de sa culotte. Le voleur fouille.) — Eh bien ! il n'y a pas d'argent. — Vraiment non, il n'y en a pas ; mais il y a ma clef. — Eh bien ! cette clef? — Cette clef, prenez-la. — Je la tiens. — Allez-vous en à ce secrétaire. Ouvrez. (Le voleur met la clef à un autre tiroir.) — Laissez donc ; ne dérangez pas : ce sont mes papiers. Ventrebleu ! finirez-vous? Ce sont mes papiers. A l'autre tiroir, vous trouverez de l'argent. — Le voilà. — Prenez ; fermez donc le tiroir. (Le voleur s'enfuit.) — Monsieur le voleur, fermez donc la porte. Morbleu ! il laisse la porte ouverte ! quel chien de voleur ! Il faut que je me lève par le froid qu'il fait. Maudit voleur ! L'abbé saute en pied, va fermer la porte, et revient se remettre à son travail sans songer qu'il ne lui restait plus de quoi dîner.

Le célèbre Dryden mourut dans la misère, à l'âge de soixante-dix ans.

Purchas, qui avait passé sa vie à voyager et à étudier, fut arrêté, à la requête de son imprimeur, au moment où il allait publier la relation de ses voyages et le fruit de ses méditations.

Rushworth, auteur des *Collections historiques*, passa les dernières années de sa vie et mourut dans une prison où il était détenu pour dettes.

Rymer, auteur de la collection des *Fœdera*, fut obligé de vendre ses livres pour subvenir à ses besoins.

Simon Ockley, orientaliste, a peint sa détresse avec les couleurs les plus vives. La préface de ses ouvrages est datée d'une prison où ses créanciers le retenaient depuis plusieurs années.

Spencer, poète aimable, languit dans la misère pendant tout le cours de sa vie.

Savage, pressé par le besoin, vendit pour dix guinées un poème fort gai, intitulé *le Rodeur*, qui lui avait coûté plusieurs années de travail.

Samuel Boyer, auteur d'un poème sur la Création, termina ses jours dans une affreuse indigence. Il fut trouvé mort dans un grenier.

John Stow avait quitté son métier de tailleur, et était devenu savant antiquaire; mais, voyant que ses études archéologiques allaient le conduire à l'hôpital, il fut trop heureux de reprendre son aiguille.

Floyer Sydenham consacra toute sa vie à la traduction de Platon, et mourut dans une maison de force, où souvent il fut privé de sa nourriture journalière. — Oh! avec quelle ferveur les gens de lettres doivent dire à Dieu chaque matin : *Panem quotidianum da nobis hodie.*

Butler, dans son poème d'Hudibras, avait fait une

satire ingénieuse et piquante des partisans enthousiastes de Cromwell, et avait ainsi servi la cause de Charles II. Ce prince citait souvent cet ouvrage et en savait plusieurs morceaux par cœur. — Vous croyez peut-être que l'auteur en recevait une pension considérable? — Vous vous trompez : Butler vécut et mourut pauvre. Un de ses amis fut obligé de faire les frais de son enterrement.

Chatterton, que les Anglais regardent aujourd'hui comme un de leurs plus grands poëtes, s'est tué de désespoir. Il n'avait pas encore dix-huit ans. En 1770 il vint à Londres, où il espérait trouver quelques ressources, soit en copiant les ouvrages des auteurs, soit en corrigeant leurs épreuves. Ses espérances ayant été trompées, il s'empoisonna. On a su depuis que souvent il avait manqué de pain, et qu'il regardait comme un mets délicieux une tourte de deux sous.

A l'âge de vingt-un ans, la pauvreté de Linnée était telle qu'il manquait souvent des choses les plus nécessaires à la vie, et qu'il était réduit à se servir des vieux souliers qu'on avait jetés comme hors d'usage, et qu'il raccommodait lui-même avec des morceaux de carton. Cependant, à cette époque, on admirait ses connaissances en botanique, et il mettait en ordre les matériaux de sa *Bibliotheca botanica.*

Wondel, le Shakespeare de la Hollande, après avoir vécu long-temps du mince produit d'une boutique de bas, mourut de besoin à l'âge de quatre-vingt-dix ans. Ses obsèques offrirent un spectacle singulier : son corps était porté par quatorze poëtes aussi pauvres que lui.

Le savant Alde Manuce se rendit insolvable en empruntant une modique somme d'argent pour faire transporter sa bibliothèque de Venise à Rome, où il était mandé. La vente de cette bibliothèque ne put le tirer de la misère.

Bentivoglio, quoique cardinal, ne put échapper à la pauvreté qui poursuit les gens de lettres. Il tomba vers la fin de ses jours dans une extrême indigence, et, après avoir vendu son palais pour satisfaire à ses créanciers, il ne laissa en mourant, à ses héritiers, que la réputation que ses ouvrages lui avaient faite.

Winkelman fut obligé de se faire maître d'école dans un village ; et, comme il le dit lui-même, tandis qu'il enseignait l'A-B-C à des enfants couverts de teigne et de gale, il cherchait le beau, et méditait sur les morceaux sublimes de Platon et d'Homère. Il se nourrissait presque toujours de pain et d'eau, et faisait souvent quarante lieues à pied pour voir un tableau ou une statue.

Xylander vendit, pour une somme très modique, sa traduction latine de *Dion Cassius ;* le libraire ayant exigé des notes, notre savant les fit et les lui vendit pour un dîner. Son extrême pauvreté, et les travaux non interrompus auxquels il était forcé de se livrer pour vivre, lui firent contracter une maladie dont il mourut à l'âge de quarante-quatre ans.

Je ne sais quel homme de lettres disait : « La Bastille ne vient pas, et je ne sais comment payer mon terme qui va échoir. » C'était une ressource pour les gens de lettres que cette Bastille que l'on a détruite d'une manière fort irréfléchie. Quelle chère ils y faisaient! Marmontel eut le bonheur d'y être admis pour une parodie fort ingénieuse dont il n'était pas l'auteur ; et, quoique accoutumé à de très bons dîners, il fut émerveillé de celui qui lui fut servi dans cette maison royale. « Bury (son domestique) m'invite à » me mettre à table, et il me sert la soupe. C'était » un vendredi. Cette soupe en maigre était une pu-

» rée de fèves blanches, au beurre le plus frais, et
» un plat de ces mêmes fèves fut le premier que Bu-
» ry me servit. Je trouvai tout cela très bon. Le plat
» de morue qu'il m'apporta ensuite était meilleur en-
» core. La petite pointe d'ail qui l'assaisonnait avait
» une finesse de saveur et d'odeur qui aurait flatté le
» goût du plus friand Gascon. Je trouvai qu'on dînait
» fort bien en prison.

» Comme je me levais de table et que Bury allait
» s'y mettre (car il y avait encore à dîner pour lui
» dans ce qui me restait), voilà mes deux geôliers qui
» rentrent avec des pyramides de nouveaux plats dans
» les mains. À l'appareil de ce service en beau linge,
» en belle faïence, cuiller et fourchette d'argent,
» nous reconnûmes notre méprise ; mais nous ne fî-
» mes semblant de rien ; et lorsque nos geôliers, ayant
» déposé tout cela, se furent retirés, *Monsieur*, me
» dit Bury, *vous venez de manger mon dîner; vous*
» *trouverez bon qu'à mon tour je mange le vôtre.* —
» *Cela est juste*, lui répondis-je. »

Veut-on maintenant savoir en quoi consistait ce second dîner? Comme c'était un jour maigre, le gouverneur, par un trait de délicatesse exquise, avait ordonné que le philosophe fût servi en gras. On lui apporta donc un excellent potage, une tranche de bœuf succulent, une cuisse de chapon bouilli, ruisselant de graisse et fondant, un petit plat d'artichauts frits en marinade, un d'épinards, une très belle poire de crésanne, du raisin frais, une bouteille de vin vieux de Bourgogne, le tout sans préjudice du café et des liqueurs. L'après-dîner, le gouverneur visita l'heureux prisonnier, et lui proposa un poulet pour son souper.

C'est ainsi que l'on était traité à la Bastille. Je ne parle pas de la bibliothèque, où l'on trouvait les meilleurs livres; des promenades, où l'on respirait un air si pur, et de la partie qu'on faisait, le soir, chez le commandant ou chez M. le major. La Providence semblait avoir ménagé aux hommes de lettres cette aimable retraite, dans laquelle ils jouissaient d'un doux loisir si nécessaire à leur génie, et qu'ils cherchent en vain dans le tourbillon de la société. Aussi, sans parler de la Henriade, que de bons ouvrages sont sortis de la Bastille!

Il m'eût été très facile d'ajouter beaucoup de noms bien connus à la liste des auteurs malheureux que je viens de citer; mais il est temps de terminer un tableau aussi affligeant; je me contenterai de citer, en finissant, un passage extrait d'un ancien numéro du Mercure de France.

« Ministres des rois, dit dans cet article M. Cos-
» seph d'Ustaritz, évaluez à la rigueur le pain néces-
» saire pour nourrir un homme, l'eau qui doit l'a-
» breuver, l'habit décent auquel les portes ne sont
» pas fermées; et avec cette somme (1500 fr.) que
» vous donnerez à quelques jeunes gens, vous ferez
» naître des hommes dont les idées éclaireront vos
» vues et vos desseins sur la félicité des peuples.
» Donnez cela et ne donnez pas davantage; refusez
» ou retirez tout à qui fera dans ce genre une de-
» mande de plus. Celui qui ne trouve pas dans son
» talent tous les biens qu'il désire, et le dédommage-
» ment des plaisirs dont il se prive, n'a point de ta-
» lent. Celui-là n'est fait ni pour éclairer son siècle,
» ni pour s'illustrer lui-même. Qu'il rampe, qu'il
» s'enrichisse et cherche sa félicité dans des jouissan-
» ces que le plus grossier des hommes peut goûter
» mieux que lui. »

LE
PARASITE MORMON

L'HISTOIRE

DU

PARASITE MORMON[1]

Dieu, ayant dessein de punir le monde par ses trois fléaux ordinaires, y envoya, il y a près de trente années, la peste, la guerre, et Mormon pour y causer la famine. Il exécuta si bien les ordres du Ciel, qu'avant même que de naître il fit mourir sa mère de faim. Cette pauvre femme fut tourmentée pendant sa grossesse d'une boulimie épouvantable ; mais elle avait beau manger, elle n'en était pas plus grasse, et son ventre seul, qui grossissait à vue d'œil, en profitait, prenant pour lui tout ce qui était destiné à la nourriture des autres parties. Donc, Mormon devrait dire avec Ergasile des *Captifs* de Plaute :

(1) Colnet ne pouvait manquer de parler, dans l'ouvrage qu'on vient de lire, du célèbre parasite Montmaur. Nous donnons ici un choix des pièces composées contre ce personnage, et qui ont été recueillies par de Sallengre dans l'*Histoire de Pierre de Montmaur*, La Haye, 1715, 2 vol. pet. in-8., d'où nous les avons tirées.

Ce squelette animé, cette larve au teint blême,
Incompatible à tous, incommode à soi-même,
La faim, cet animal avide et ravissant,
Qui ne cherche qu'à paître, et se tue en paissant;
Ce spectre, dont toujours l'indigence est suivie,
M'a porté dans ses flancs et m'a donné la vie.

Ce parasite embryon affama donc sa mère de telle sorte qu'il la fit enfin mourir. Le soir d'un mardi-gras, après avoir été en festin tout le long du jour, et avoir étonné de sa voracité prodigieuse toute la compagnie, on la vit tomber sur les plats, en disant d'une voix faible et languissante qu'elle mourait de faim. Elle ne mentait pas : car ce furent ses dernières paroles, après lesquelle on reconnut qu'elle était sans mouvement et sans vie; heureuse au moins en ce point, d'avoir évité la rencontre du carême, son ennemi, qui arriva devant le point du jour.

Les médecins furent incontinent appelés, et il ne faut pas demander si la tristesse fut grande par toute la maison, tant pour la mort de la mère, qu'à cause du péril que courait l'enfant. On la déshabillait pour faire l'opération ordinaire en de pareils accidents, quand on fut bien étonné de voir un gros garçon sortir de son ventre par un grand trou qu'il y faisait à belles dents. — Ah Dieu! ils en sont déjà au dessert, s'écria-t-il en s'élançant légèrement de sa mère sur la table. Il n'en dit pas davantage : car il se mit à manger de telle sorte, que, quand il eût eu cent bouches, il n'en eût pas eu assez pour proférer la moindre parole. Il assura pourtant quelque temps après qu'il n'avait mordu sa mère que depuis sa mort, et par force, de peur d'étouffer dans un corps où la respiration ne portait plus d'air; et les dernières paroles qu'elle avait tenues, par lesquelles elle ne s'était plaint que de la faim, aidèrent fort à le justifier.

D'abord il se mit à table, et ce fut pourquoi son père ne lui donna point d'autre nourrice qu'un cuisinier, auquel encore il donnait bien de l'exercice, la nature l'ayant doué, aussi bien que le crocodile, du mouvement de la mâchoire supérieure en bas, en dépit d'Aristote, afin que la pesanteur de sa tête, redoublant la force et la violence des coups qu'il donnait aux viandes, les lui fit broyer avec plus de facilité.

Je me souviens que je ne vous ai point encore dit le nom de notre homme : il s'appelle Mormon, et est de bonne famille. La première chose que ses parents firent fut de l'envoyer à l'école, parce qu'un prêtre habitué de leur paroisse, le voyant si bien manger, leur avait assuré qu'il ne pouvait manquer de devenir bien savant, à cause, disait-il, d'un certain proverbe qui porte qu'*ingenii largitor venter*. Ce même prêtre lui voulut apprendre aussi à servir la messe ; mais il eut beau faire, il ne put jamais empêcher Mormon de vider la boîte de Corpus et d'avaler le vin des burettes. Ce n'est pas qu'avec tout cela ce ne fût un très gentil enfant. On ne le voyait point comme les autres tirer des noyaux à ses compagnons, parce qu'il les avalait tous. Il était toujours fort propre ; il ne crachait point sur sa bavette, car il ravalait toujours ses crachats, de peur de rien perdre ; il rongeait si bien ses ongles, qu'il n'avait garde de les avoir grands ; et il s'était si bien accoutumé à mâcher les doigts de ses gants, à cause qu'ils étaient de mouton, qu'il fallait bien qu'il en eût souvent de neufs. Cela étant, je vous laisse à penser s'il oubliait de faire la dînette à l'école, afin d'avoir le moyen de dérober quelque chose du goûter de ses compagnons, et si, quand il avait querelle contre eux, il les mordait au lieu de les battre. Toujours il avait quelque trou à la tête, et c'était toujours pour s'être laissé tomber du haut de quelque escabeau où il était monté pour atteindre à l'armoire au pain, ou pour s'être battu contre les crieurs de petits pâtés, en leur voulant dérober quelques uns de leurs gâteaux. Cette viande lui plaisait si fort, qu'il pensa même une fois être brûlé dans un four chaud, où il s'était fourré pour attraper des darioles, etc.

Mormon devint donc si savant en peu de temps, suivant la prédiction de l'habitué, qu'au bout de quinze jours on pouvait dire déjà qu'il était savant jusqu'aux dents, et qu'il avait mangé son bréviaire, ayant en effet rongé la couverture de ses heures et troqué le dedans contre un de ses compagnons pour un quignon de pain. Mais comment n'aurait-il pas donné ses heures pour du pain, puisqu'il hasardait bien ses doigts pour de la viande, et qu'il les pensa laisser une fois à une souricière, où ils demeurèrent pris et presque coupés, comme il en voulait tirer de petits morceaux de lard qu'on y avait mis pour appâter des souris! On ne manquera pas de dire que je ne rapporte ceci que pour faire accroire qu'il avait mangé le lard; mais pour vous montrer que ce n'est pas mon dessein, je veux bien vous avouer qu'il ne le mangea pas pour ce coup, et que pour l'heure ses doigts lui firent bien oublier sa bouche. Croyez pourtant qu'elle s'en vengea bien : elle leur a toujours voulu tant de mal depuis ce temps-là, qu'il ne les y saurait presque porter qu'elle ne les morde: tant il est vrai que tout ce qui entre dans ce gouffre a peine d'en sortir, et que rien ne s'en peut sauver. Il ne médit même qu'à cause de cela, c'est-à-dire parce qu'il n'y a rien sur quoi elle ne veuille mordre, ni qui puisse éviter ses atteintes.

Il n'y avait pas jusqu'à la lavure des écuelles qu'il ne vît répandre avec regret, et dont il ne soupirât la perte par un *C'est grand dommage de perdre tant de graisse!* Aussi l'aimait-il si fort qu'étant devenu plus grand il mangea plus de quinze livres de chandelle en moins de quinze jours, parce que son père, qui était un bon Gaulois, croyant qu'il l'employait à veiller sur ses livres, lui en donnait tant qu'il voulait. Néanmoins la fourbe fut enfin découverte. On lui ôta sa chandelle pour lui donner une lampe; mais ce fut inutilement, car il trouva moyen d'en consumer toute l'huile à faire des rôties.

Ce fut en ce temps que, commençant à mettre le nez dans les livres, il commença aussi d'avoir des regrets bien plus sensibles que ceux qu'il avait eus jusque alors pour la lavure des écuelles. Il soupirait toutes les fois qu'il pensait à la louable coutume de ces anciens qui faisaient festin aux funérailles de leurs morts, et qu'il songeait que cette belle coutume était abolie. Il ne pouvait voir dans Plutarque les superbes banquets d'Antoine et de Cléopatre, ni ceux de Lucullus, sans mourir de regret de n'avoir pas été de ce temps-là; ou de ce qu'ils n'étaient pas de celui-ci. — Ah! disait-il, notre régent a bien raison de dire que le monde va toujours de mal en pis. — Maudit siècle de fer! s'écriait-il d'autres fois en tâchant de profiter de sa lecture,

Combien es-tu contraire à cette âge dorée
Qui coulait du vieux temps de Saturne et de Rhée,
Où l'on dit que jamais n'entrait dans l'entretien,
D'autre discours sinon : Tends ton assiette, tien.

Vous ne sauriez croire l'envie qu'il portait à la Renommée lorsqu'il lisait qu'elle avait cent bouches, et la compassion qu'il en avait quand il faisait réflexion qu'elles n'étaient pleines que de vent. Cette pensée le faisait tomber dans une autre qui lui donnait bien plus de déplaisir. Il se plaignait de la Nature, qui, pour nourrir deux yeux, deux oreilles, deux bras, deux pieds, deux mains, deux jambes, vingt doigts, et plus de vingt mille cheveux, ne lui avait donné qu'une bouche; et qui, pour l'achever de peindre, lui avait fait encore un estomac percé, qu'il comparait, quand il se mettait sur son haut style, au tonneau des Danaïdes. Des secrets de la Nature il entrait dans ceux de son père, et se fâchait de ce qu'on lui faisait perdre le temps à jeûner dans des colléges; au lieu de l'envoyer apprendre à manger chez quelque bon boucher, ou de lui faire garder des brebis, ce qu'il eût beaucoup désiré, non, comme le berger Lisis ou quelques anciens, pour l'amour de la vie champêtre, mais seulement à cause qu'il eût eu la consolation de se voir avec des moutons, et que les moutons sont bons à manger. — Est-ce que vous craignez de déshonorer votre famille? disait-il à son père sur ce sujet; Apollon s'en est bien mêlé. Tenez, mon père, lisez dans mon Homère, et vous verrez qu'il ne croit pas pouvoir plus honorer les rois qu'en les appelant pasteurs. Ce n'étaient pas les seuls discours qu'il lui tenait. Il lui en conta bien d'autres une fois que le bonhomme, lui ayant vu boire un plat d'alouettes comme s'il eût avalé un verre de vin, lui dit qu'il croyait avoir acheté une douzaine, et non pas une pinte d'alouettes. — Houai! mon père, lui dit-il, je crois que vous vous scandalisez de me voir beaucoup manger? Hé! ne savez-vous pas que le feu ne l'emporte sur tous les éléments qu'à cause qu'il dévore les autres, et que dans la nature tous les corps sont plus ou moins nobles selon qu'ils mangent plus ou moins? Les pierres, par exemple, ne sont au dessous des plantes qu'à cause qu'elles ne se nourrissent point; et les bêtes ne sont au dessus des plantes, les hommes au dessus des bêtes, et la plupart des rois au dessus des hommes, qu'à cause qu'ils se mangent tous les uns les autres. C'est pour cette même raison que le lion et l'aigle sont les princes des animaux, et que les grenouilles n'en crurent point avoir que quand elles en eurent un qui les dévorait. Tant y a, mon père, que le même tempérament qui fait les bons esprits fait aussi les bons mangeurs : c'est la bile qui fait les uns et les autres; et tenez pour assuré que maintenant même je ne vous dis tant de belles chose qu'à cause que je suis à table et que je mange en vous parlant. Ah! mon père, si je pouvais aussi le faire en classe, que je deviendrais savant en peu de temps! car l'autre jour, à cause que j'avais seulement du pain dans ma poche, je me souviens que je fis merveille, et que je prouvai à notre régent que, quoi qu'en veuille dire Aristote, la mort n'est pas la plus terrible de toutes les choses terribles, puisque c'est la faim.

Pour achever la vie de Mormon, il faudrait conter encore beaucoup de bonnes choses, par exemple :

Comment il quitta la philosophie pour s'adonner à la lecture du Banquet des sept Sages et des Propos de table de Plutarque, du Sympose de Platon, du Convive de Xénophon, des Deipnosophistes d'Athénée, du Banquet des Lapithes de Lucien, et de quelques autres livres semblables.

Comment il se fit une géographie par les viandes qui viennent de chaque pays, à l'imitation de ceux qui en ont traité suivant l'histoire et par les batailles. Par exemple, sur le mot de chapon, il parlait du Mans; sur andouille, de Troye, et sur jambon, de Mayence.

Comment il allait tous les dimanches à deux ou trois grand'messes de suite pour avoir du pain bénit, et comme il appelait cela *courir la messe.*

Comment il allait en pèlerinage à Gonesse et à Poissy, auxquels il avait une grande dévotion.

Comment il débesaça un religieux mendiant, parce que, disait-il, il entreprenait sur son métier, et comment il se disait mendiant séculier et de robe courte.

Comment ses prières du matin et du soir étaient *benedicite* et *grâces*, parce qu'il ne faisait qu'un repas, qui durait depuis le matin jusqu'au soir.

Comment il gagna ceux qui gouvernent les principales horloges de la ville, afin que, les faisant aller inégalement, il pût aller diner en plusieurs maisons de suite.

Comment souvent, après avoir dîné aux meilleures tables, il se déguisait en gueux pour manger encore de la soupe.

Comment il s'allait promener dans la rue de la Huchette, et disait que c'était une allée plus agréable que celles des Tuileries, ou du palais d'Orléans.

Comment il contrefit le dévot et alla servir les malades à l'Hôtel-Dieu, et comme il fut découvert mangeant en un coin les plats qu'on lui avait donnés à porter aux malades.

CATALOGUE

DES

ŒUVRES DE MONSIEUR DE MORMON

Conseiller du Roi, Gentilhomme de sa cuisine, et Contrôleur général des festins de France.

Imprimées à Paris, chez Martin Mangear, rue de la Huchette, à l'Aloyau.

Panégyrique de la Saint-Martin et des Rois.

Réfutation d'une pernicieuse doctrine introduite par un certain Cornaro, Vénitien, et le jésuite Lessius.

Examen et réfutation du dire de saint François Xavier, *Satis est, Domine, satis est.*

Démonstration physique, ou preuve que les peuples du septentrion ne sont pas plus robustes que ceux du midi, et ne les ont souvent vaincus qu'à cause qu'ils mangent davantage.

Traité des quatre repas du jour. Leur étymologie. Ensemble une recherche curieuse sur la façon de manger des anciens, où il est prouvé qu'ils ne mangeaient couchés sur des lits que pour montrer qu'il faut manger jour et nuit, et que qui mange dort, ou que le véritable repos se trouve à la table.

Les vies des hommes illustres grecs et romains comparées les unes aux autres, où il est prouvé par le mot *Pergræcari* que les Grecs l'ont toujours emporté sur les Romains.

Commentaire sur le cinquième aphorisme d'Hippocrate, où il est dit qu'il est bien plus dangereux de manger peu que trop. Ensemble une sommaire réfutation du passage qui porte que toute réplétion est mauvaise.

Opuscule non sceptique contre cette commune façon de parler : Les premiers morceaux nuisent aux derniers.

Démonstration mathématique où l'auteur fait voir, par la propre expérience de son ventre, qu'il y a du vide dans la nature.

De la précellence du *Benedicite* sur *Laus Deo.*

Invective contre celui qui trouva moyen de prendre les villes par famine, avec un éloge de M. le marquis de La Boulaye.

Prière à saint Laurent pour le mal des dents.

Apologie du père Goulu contre Balzac.

Apothéose d'Apicius.

Traité de toutes les marchandises dont on goûte avant que de les acheter.

Manuduction à la vie parasitique, avec une explication et apologie de ce mot.

L'anti-pythagoricien, ou réfutation de la doctrine de Pythagore, qui défendait l'usage de toutes les viandes qui avaient eu vie.

Commentaire sur les lois des douze tables.

De la louable coutume introduite dans l'Eglise de manger de la chair depuis Noël jusqu'à la Chandeleur ; avec une très humble supplication à notre S.-Père de remettre la Chandeleur après Pâques.

Le cuisinier expert.

Le cuisinier charitable.

Traité des bons chiens tourne-broches, aussi utile que ceux qu'on a fait jusqu'ici des chiens de chasse. Ensemble une brève et utile méthode de les dresser.

Requête à M. le lieutenant civil, à ce qu'il lui

plaise faire défense aux cabaretiers d'avoir des plats dont le fond s'élève en bosse, ce qui est une manifeste tromperie.

Autre requête à nosseigneurs du parlement, tendante à ce qu'il leur plaise faire défense au sieur Morin, et autres faiseurs d'almanachs, de prédire la famine, parce que cela le fait mourir de peur.

LES AVIS

DE

MONSIEUR DE MORMON

Qui sont :

Avis aux minimes et autres religieux de contrefaire souvent les malades pour avoir lieu d'être en l'infirmerie, et manger de la chair.

Avis aux médecins de donner dispense de faire le carême à tous ceux qui la leur demanderont, et avis à tout le monde de manger de la chair sans la demander.

Avis aux cordeliers et tous moines mendiants ou autres de ne manquer jamais d'exciter, à la fin de leurs sermons, l'assistance à la charité.

Avis aux gens riches et opulents de tenir toujours bonne table, et de nourrir plutôt des hommes que des chiens.

Avis à messieurs du Parlement de prendre le nom de *cénateurs,* où il est montré que les Romains n'ont triomphé que par le mérite de ceux qui ont porté ce nom.

Avis à ceux qui font des marchés de n'oublier jamais le pot de vin.

Avis aux gens de confrérie de n'oublier pas à faire festin après la messe.

Avis aux curés de se trouver toujours aux noces et baptêmes.

Avis à ceux à qui l'on présente quelque chose de ne choisir jamais, de peur d'être obligés par civilité de prendre le pire.

Avis aux capucins et autres moines, hormis les chartreux, de dîner hors de leurs couvents le plus souvent qu'ils pourront, pour ce qu'aussi bien que les vielleurs ils ne trouvent point de pire maison que la leur.

Avis aux traiteurs de mettre dindons pour faisans et petits cochons pour agneaux, pour ce que chacun y fera son profit : le traiteur pour ce qu'il lui en coûtera moins, et le traité pour ce qu'il en aura plus à manger.

Avis aux laquais de changer souvent les assiettes des niais qui se les laissent emporter par civilité; et surtout de bien prendre leur temps que leur assiette soit bien chargée.

PROBLÈMES
DE
MONSIEUR DE MORMON.

ON DEMANDE :

S'il faut prendre médecine, ou non?

Oui, pour ce que c'est avaler.
Non, pour ce qu'elle vide l'estomac.

S'il faut curer ses dents, ou non?

Oui, pour les empêcher de pourrir.
Non, pour ce que c'est s'ôter quelque chose de la bouche.

S'il faut mâcher, ou non?

Oui, pour ce que c'est jouir plus long-temps du plaisir de manger.
Non, pour ce que c'est toujours perdre quelques autres morceaux qu'on mangerait bien cependant.

S'il faut se marier, ou non?

Oui, pour ce qu'on fait festin.
Non, pour ce que c'est prendre une femme qui mange tout le reste de sa vie la moitié du dîner.

S'il vaut mieux avoir une langue que de n'en avoir point?

Oui, pour ce que la langue sert à demander à boire et à manger.
Non, pour ce qu'elle emplit la bouche et fait perdre le temps à parler à table.

S'il faut faire des sauces, ou non?

Oui, pour ce que cela donne bon goût aux viandes.
Non, pour ce que cela ne sert qu'à faire manger aux autres ce qu'on mangerait bien sans sauce.

Lequel vaut mieux de danser, ou de chanter?

Il vaut mieux manger.

Lequel vaut mieux de dîner, ou de souper?

Ni l'un ni l'autre : car il ne faut faire qu'un repas, mais qui dure tout le long du jour.

APOPHTÈHGMES

DE

MONSIEUR DE MORMON.

Il disait qu'un œuf valait mieux qu'une prune ; une grive, que tous deux ; un pigeon, que tous trois ; un poulet, que tous quatre ; un chapon, que tous cinq, et ainsi à proportion.

Un jour qu'il avait bien soif et qu'on ne trouva point d'autre vaisseau pour lui donner à boire qu'un seau plein de vin, il le tira tout d'une haleine, *et negavit se unquam jucundius bibisse,* faisant allusion à ce roi qui dit la même chose, contraint de boire dans le creux de sa main, faute d'autre vase.

Comme on parlait un jour d'une grande mortalité : — Tant mieux, s'écria-t-il, plus de morts, moins de mangeurs, ne reconnaissant point d'autres ennemis.

Allant un jour dîner chez un évêque : — *Pastoris est pascere,* lui dit-il ; monseigneur, je viens dîner vec vous.

g A un qui lui disait un jour qu'il avait les yeux plus arands que la panse : — Non pas, répondit-il, quand j'en aurais cent.

Il disait que Pâques et Noël sont les deux meilleurs jours de l'année : Pâques à cause qu'il est le plus éloigné du carême, et Noël parce qu'on y déjeune dès minuit.

Il disait qu'il est de la majesté d'un roi de dîner à toutes ses tables.

Il comparait les courtisans aux plats qu'un maître d'hôtel met sur la table, dont les uns sont tantôt les premiers et tantôt les derniers, et puis sont tous confondus quand on vient à laver les écuelles.

Il appelait les rots des *propos de table*.

A un qui lui reprochait qu'il mangeait autant que deux, il répondit que c'était, à Sparte, la marque des rois.

A un qui lui demanda ce qu'il fallait faire pour se bien porter : — Trois choses, répondit-il : bien manger, bien manger, et encore bien manger.

A un qui lui dit un jour en mangeant du potage qu'il se brûlait, il repartit : — Oui, mais je mange.

Une fois qu'on lui reprochait qu'il n'avait pas dit *Benedicite* : — J'ai tort, répondit-il, il le faut dire; et là-dessus il fit rapporter toutes les viandes pour recommencer à dîner.

Comme on lui disait une fois qu'il se fallait tenir à table sans se remuer et sans prendre autre chose que ce qui est devant soi, il répondit que, si les Espagnols n'eussent jamais voyagé, ils n'auraient pas gagné l'or des Indes.

Il disait que pour faire que les jours d'hiver fussent aussi grands que ceux d'été il ne faut que jeûner jusqu'au soir.

Comme on lui demandait pourquoi il cherchait ainsi les festins, il repartit que c'était parce que les festins ne le cherchaient pas, et il ajouta que nos pères avaient appelé leurs festins du mot latin *festi-*

nare, pour montrer qu'il se faut toujours hâter d'y aller,

Un jour que son confesseur lui remontrait que les saints avaient eu bien de la peine à aller en paradis en jeûnant : — Je crois bien, dit-il, il y a bien loin, pour y aller sans manger !

Une autre fois qu'il était bien malade, et qu'on pensait qu'il dût mourir, comme on lui faisait réprimande sur ce qu'il buvait trop pour un homme qui devait bientôt aller en l'autre monde, il répondit que c'était pour faire jambes de vin.

EPIGRAMMES.

Que l'enfance fait bien connaître
Ce qu'au bout d'un temps on doit être !
Pour étrenne au petit Gomor
On fit présent d'une saucisse.
Il n'en avait point vu encor,
Tant il était jeune et novice.
On la lui met dessus le gril ;
Mais aussitôt s'écria-t-il :
Maman, maman, elle appétisse !
O merveille en cet âge-là !
Il la prend malgré sa nourrice,
Et toute chaude l'avala.

Gomor serait bien amoureux ;
Pourquoi non ? il est fort et roide,
Et son œil tout brillant de feux
Montre qu'il n'a l'échine froide.

Il n'est point amoureux pourtant :
Craint-il d'être chagrin et blême?
Je l'ai vu passer maint carême
Qu'il était et frais et content ;
Et puis quand il fait des ouvrages
De deux ou trois petites pages,
Il faut bien qu'il ait d'autres soins.
Ah ! je vois bien ce qu'il redoute :
C'est qu'il aime à manger, sans doute,
Et qu'un amoureux mange moins.

Gomor n'est point assurément
Un homme contraire à nature ;
Tous ceux qui disent autrement
N'en parlent que par conjecture.
L'hiver, qu'il fait grande froidure,
Il aime à manger chaudement ;
Et l'été, tant que le chaud dure,
Il aime à boire fraîchement.

De tous ceux qui sont à la table
Gomor est des chiens mieux aimé ;
Non pas qu'étant moins affamé
Il leur paraisse plus traitable :
Quand il voit quelque chien à jeun,
Bien loin de lui faire caresse,
Il le chasse comme importun ;
Mais c'est que Gomor a l'adresse
De faire plus d'os que pas un.

Par dessus les plus raffinés
Gomor d'avoir bon nez se vante :
Il n'est cuisine qu'il n'évente.
N'est-ce pas qu'il a fort bon nez?

Gomor n'est-point un importun,
Comme a dit faussement de lui toute la ville :
Quand il va manger chez quelqu'un,
Il va seul, et jamais n'a de bouche inutile.

Cher Philidor, je ne sais pas
En quel quartier Gomor demeure,
Mais je le rencontre à toute heure,
Hormis à l'heure du repas.

Gomor en un fameux repas
Avait perdrix en poche mise,
Qu'à son logis entre deux plats
Il met comme en lieu de franchise,
Lorsqu'un chat, le maître des chats,
Bien et beau vous le dévalise.
Gomor aussitôt s'en avise,
Et ce fut assez piteux cas :
Il est outré de faim, et de sa perdrix prise.
Que fait donc le pauvre homme? ô rage! ô gourmandise!
Qui le sait, si je ne le dis?
Et qui le pourra croire, encore que le dise?
Il dévore le chat pour manger la perdrix.

Alors qu'au milieu de son tour
Le soleil nous donne un plein jour,

Il défend que rien ne soit sombre ;
Gomor dément ce que je dis :
Car chacun sait que c'est une ombre
Qui paraît toujours à midi.

Gomor, ce goinfre remarquable,
Sou des viandes, et non las,
Un jour, après un grand repas,
Se laissa tomber sous la table.
Lors dit un ami charitable :
Messieurs, ne vous étonnez pas ;
C'est qu'il sent qu'on dîne là-bas.

Gomor, la gloire des pédants,
Est, dit-on, savant jusqu'aux dents.
Cela serait-il véritable ?
Il est toujours à table, ou peu souvent ailleurs,
Et même, à ce qu'on dit, des livres les meilleurs
Il n'en voit jamais que la table.

Quand Gomor atteste une chose :
S'il n'est vrai ce que je propose,
Ce morceau me puisse étrangler !
Dit-il, et prend pour l'avaler
Le meilleur morceau de la table.
Gomor, ne jurez plus, on vous tient véritable.

Gomor étant à table avec certains pédants
Qui criaient et prêchaient trop haut sur la vendange,
Lui qui ne songe alors qu'à ce que font ses dents :
Paix là ! paix là ! dit-il, on ne sait ce qu'on mange !

On parlait à Gomor des fléaux de la terre :
De la faim, de la soif, de la mort, de la guerre ;
Quand ce goinfre répond d'un sens froid et remis :
Pour tous les autres maux, que Dieu les extermine ;
Mais pour la soif et la famine,
Ce sont de plaisants ennemis.

Gomor, qui n'a point le teint blême,
Jure qu'il jeûne le carême.
Quant à moi, je crois ce qu'il dit,
Pour le moins s'il est véritable
Qu'on jeûne lorsqu'on sort de table
Demeurant sur son appétit.

Gomor, pour n'avoir le teint blême,
Ne jeûne qu'un jour en carême;
Et, qu'on ne s'en étonne pas,
C'est le lendemain des jours gras,

Gomor n'est point un hypocrite
Qui montre ce qu'il fait de bien :
Il en a tant plus de mérite,
Car lorsqu'il jeûne on n'en voit rien.

J'apprends de Gomor aujourd'hui
Un trait d'humilité qui n'a point de seconde .
On ne l'a jamais vu jeûner devant le monde,
Car il ne jeûne que chez lui.

Quoi! me taire, et qu'on m'attaquât
Par des injures à douzaine!
Comment veux-tu qu'il répliquât?
Il a toujours la bouche pleine.

Gomor, j'ai dessein de te suivre;
Et juge qu'il n'est rien de tel :
Boire bien, manger bien, c'est le moyen de vivre,
Puisque même par là tu te rends immortel.

Gomor aime nappe mise,
Et plus encor le couvert,
Et porte pour sa devise :
Qui me dessert me dessert.

On dit que Gomor le pédant,
Des devises surintendant,
Devenu superbe et farouche,
Le porte plus haut qu'il ne faut.
Je n'ai rien vu de ce défaut :
Il ne le porte qu'à sa bouche;
Pour lui cela n'est pas trop haut.

Fuyons aujourd'hui la satire,
La bonne fête nous l'enjoint :
Parlons de Gomor sans médire,
C'est-à-dire n'en parlons point.

On disait à Gomor, le voyant hydropique,
Qu'il était aussi gros qu'un muid;

A quoi ce bon buveur réplique :
Que ne suis-je plein comme lui !

Gomor, non pour avoir trop lu,
Mais plutôt pour avoir trop bu,
Eut enfin fort mal à la vue.
Lorsque lui dit le médecin :
Il faut que vous quittiez le vin,
Car c'est un venin qui vous tue.
Que si vous voulez faire mieux
Vous en pouvez laver vos yeux
Pour ôter cette ardeur extrême.
Alors Gomor lui repartit :
Mais si j'en buvais tant que des yeux il sortît,
Monsieur, serait-ce pas de même ?

Gomor eut esprit et mémoire ;
Mais, pour trop manger et trop boire,
En enfance il est retourné.
Parler contre lui, c'est folie :
Ce qu'il fait lui-même, il l'oublie,
Et souvent dîne ayant dîné.

Gomor approchant du passage
Où souvent l'homme le plus sage
Demeure interdit et confus,
S'écriait d'un piteux langage :
Hélas ! ne mangerai-je plus !

Gomor déjà tout prêt d'entrer au monument
N'eut point peur de la mort ni de sa main fatale ;

Il ne redouta seulement
Que la faim et la soif du malheureux Tantale.

Un jour le grand Gomor, cet ennemi de l'eau,
Comme on parlait des maux qui suivent le tombeau :
Je ne craindrais, dit-il, ni l'horreur infernale,
Ni tout ce que là-bas on peut faire endurer;
Hélas! je ne craindrais que les eaux de Tantale,
Bien qu'il me fût permis de m'y désaltérer.

Gomor, à ce que dit l'histoire,
Prêt à mourir se mit à boire,
Et resta comme enseveli
Dès ce monde au fleuve d'oubli;
Enfin, tel qu'un autre Epicure,
S'enivra de cette liqueur,
Sans laquelle, je vous le jure,
Le Styx lui faisait mal au cœur.

MÉTAMORPHOSE
DE
GOMOR EN MARMITE.

Enfin, depuis six mois, les excès de la table
Avaient fait de Gomor un spectre épouvantable;
Son visage tout hâve et ses yeux tout ardents
Montraient assez quels maux le gênaient au dedans:
Une hydropique soif jointe à sa faim canine
L'obligeait désormais à garder la cuisine.

Mais en vain il buvait, mais il mangeait en vain,
Rien ne pouvait chasser ni sa soif ni sa faim.
Tout son corps demeurait sans prendre nourriture;
Ses bras étaient deux os dénués de charnure,
Et chacun de ses pieds, par un effet nouveau,
Paraissait aussi sec et menu qu'un fuseau;
Son ventre seulement, en cet état funeste,
Croissant de jour en jour engloutissait le reste;
Enfin une humeur âcre en son foie altéré,
Allait le menaçant d'un trépas assuré,
D'un trépas dont déjà ce corps demi-squelette
Entendait la sentence assis sur la sellette,
Courbé sur un bâton qui lui servait d'appui
Contre l'odeur du pot qui l'entraînait à lui.
Il causait toutefois, et sa langue hardie
De son esprit aussi marquait la maladie:
Car, si le corps était trop sec et boursoufflé,
L'esprit était aussi trop sec et trop enflé.
Il le témoigna bien, ce goinfre tout hectique,
Lorsqu'il tint ce discours si plein de rhétorique,
Devant un jeune gars qui devint, ce dit-on,
De cuistre assez savant, très savant marmiton:
« Autrefois Prométhée, ayant à donner l'être
A l'homme, l'abrégé de tout ce qu'on voit naître,
De tous les animaux quelque chose emprunta,
Et la faim d'une louve en notre sein planta;
En quoi certes lui-même il se prit pour modèle,
Lui-même étant rongé d'une faim éternelle:
C'est pourquoi l'on feignit qu'un affamé vautour
Rongeait ses intestins et de nuit et de jour,
Non pour le feu du ciel qu'il vola, comme on pense,
Mais pour ce feu du ciel qu'il eut à sa naissance:
Car ce premier mortel fut du ciel tant aimé,
Que de la main des dieux il fut lui seul formé.
Contre ces maux, pareils aux maux de Prométhée,

La cuisine jadis fut fort bien inventée ;
Et c'est une plus noble et plus juste action
De travailler soi-même à sa protection
Que non pas de songer seulement à défaire
L'homme que la nature avait fait notre frère.
De là vient que l'on dit que tous ces grands héros
Etaient de grands dîneurs et grands videurs de pots,
Et donnaient mieux encore et d'estoc et de taille
Au milieu d'un repas qu'au fort d'une bataille.
De là vient qu'ils savaient, avec les mêmes doigts,
Ecurer la marmite et fourbir le harnois :
Marmite qui du ciel a pris sa forme ronde,
Sous qui, comme sous lui, la flamme est vagabonde,
—Cette flamme l'*embrasse* et ne l'*embrase* pas,—
Marmite dont enfin un guerrier fera cas.
Aussi, comme on a dit, il n'est pas moins louable
De rendre une cuisine aux amis agréable,
Que de faire qu'un camp remplisse de terreur
Ceux contre qui Bellone émeut notre fureur.
En effet la cuisine a quelque ombre de guerre ;
Mais l'une nous relève et l'autre nous atterre.
De gentils marmitons lui servent de goujats,
Elle a pour morions et les pots et les plats,
La broche est son épée, et d'une lèchefrite
Elle fait son bouclier ; ces gros ventres d'élite,
Ce sont ses bastions, et, pour tout dire en peu,
Comme Mars elle emploie et le fer et le feu,
Mais pour nous réparer, non pas pour nous détruire ;
Pour vaincre un ennemi qui ne cesse de nuire,
Cet ennemi secret, et ce monstre obstiné,
Qui campe au sein de l'homme aussitôt qu'il est né.
Elle sert même à Mars, et remplit de courage
Tous ceux qu'elle remplit, et leur fait faire rage.
C'est la soupe, dit-on, qui fait le bon soudard,
Et *soudard* même sonne ainsi que *sou de lard*.

Et non pas seulement la cuisine et la graisse
Inspirent dans nos corps la force et l'allégresse;
Elles rendent de plus la première vigueur
A l'esprit que le jeûne avait mis en langueur.
Dans Homère, jamais le valeureux Achille
Ne va bien à l'assaut, et ne bat bien la ville,
Qu'auparavant le poète, en quelque grand festin,
Chez un de ses amis n'eût fait la Saint-Martin :
Autrement eût-il eu le savoir ni l'audace
D'échauffer un Achille et le voir face à face?
Il faut, pour faire bien, avoir dit *Evohé*.
Le brave Horace est soûl alors qu'il chante *Ohé*.
Et d'où penseriez-vous que vient le nom d'*Ovide?*
C'est ainsi justement que qui dirait *os vide*,
Par certaine antiphrase, et pour nous faire voir
Que sur la bonne chère il fondait son savoir.
Il n'en fut pas ainsi du bonhomme Virgile,
A qui le mardi-gras semblait une vigile :
Quel festin fait-il faire au fils de son héros?
J'en ai rougi cent fois : il ronge jusqu'aux os;
Il lui fait ramasser jusqu'à la moindre miette,
Et même, chose étrange! avaler son assiette.
Et ces pauvres Troyens, qui n'ont bu que de l'eau,
Comment les traite-t-il? A chaque grand vaisseau,
Il fait qu'on leur envoie un cerf pour tout potage,
Mais un cerf par hasard trouvé sur le rivage;
Encore l'on ne sait comment on le trouva,
Car l'Afrique, dit-on, jamais n'en éleva.
Mais passe pour cela, si ce mélancolique
N'eût fait d'une Didon une veuve impudique
(Elle qui mieux aima mourir de son couteau
Que d'un second hymen rallumer le flambeau).
Impudique, pour qui? Pour ce coureur d'Enée,
Dont en moins de six jours elle est abandonnée,
Jupiter conseillant lui-même un si beau tour,

Par ce voleur parfait, ce courratier d'amour,
Ce Mercure qui, loin d'aller droit à Carthage,
Afin de s'acquitter d'un important message,
Comme un jeune fripon qu'on voit aussitôt las,
S'amuse, et reprend vent dessus le mont Atlas.
De semblables erreurs est si farci son livre,
Que je ne sais comment son nom a tant pu vivre;
Entr'autres celle-ci, qui vient de mon esprit,
Et que j'ai bien notée en mon vieux manuscrit,
M'a semblé de tout temps digne d'être bernée :
C'est le beau changement des navires d'Énée.
Grande métamorphose, et non vue autrefois!
Des femmes se tirer d'une pièce de bois!
Des ouvrages de l'art fournir à la nature
Des nymphes dont la forme est si belle et si pure!
Après un changement par lui si mal trouvé
On peut sans imposer dire qu'il a rêvé.
O bonne chère donc, de quels mots assez dignes
Se peut-on revancher de tes faveurs insignes?
Par toi tout est facile, et par toi tout nous rit,
Tu nous donnes le ventre, et le ventre l'esprit.
Aussi quiconque est pris de ton amour divine,
N'a plus rien désormais qu'à hanter la cuisine :
Cuisine, l'arsenal du salut des mortels,
Cuisine où pour encens, comme sur les autels,
Fume devers le ciel une vapeur épaisse,
Dont les dieux vont humant la plus subtile graisse;
Cuisine enfin qui même aux sciences prend part:
De la géométrie elle sait l'ordre et l'art;
Elle dispense tout d'une main mesurée;
Elle sait ce qui naît dedans chaque contrée,
Connaît les qualités et du froid et du chaud,
Celles de la laitue avecques l'artichaud;
Sait la propriété de la moindre racine,
Même n'ignore pas jusqu'à la médecine;

Ce qu'on doit prendre au soir, ce qu'on doit prendre
Selon le naturel et le goût de chacun. [à jeun,
Mais que ne fait du vin la divine puissance ?
Ainsi que la cuisine il donne la vaillance ;
Ainsi que la cuisine il prend part au combat,
Mais où par son ami le bon ami s'abat,
Où pour rondache on tient la tasse ronde et pleine,
Où l'on cheoit sous la table, et non dessus la plaine,
Où l'on ne connaît point d'autres mortalités
Que celles qui se font à force de santés.
Le combat de Bacchus en délices abonde,
Et lui seul en buvant a conquis tout le monde :
Aussi dès qu'il paraît chacun en veut tâter,
On s'attaque, on se choque, on ne peut s'arrêter.
Mais ce n'est pas assez déclarer sa puissance :
Ainsi que la cuisine il donne la science.
La vérité n'est point dans un puits ni dans l'eau ;
C'est dans le vin qu'elle est, c'est au fond d'un ton-
Le vin, faisant causer, instruit en rhétorique ; [neau.
En faisant des raisons, on apprend la logique ;
On ne peut sans le vin mettre à cheval un vers ;
Le vin montre en plein jour cent mille astres divers,
Comme on voit en plein jour, sans lunettes d'appro-
[ches,
L'horoscope des plats, et l'ascendant des broches. »
A temps Gomor se tut pour prendre du repos ;
Les broches et les plats furent ses derniers mots.
Mercure, le patron de la vraie éloquence,
Ne pouvant plus long-temps souffrir son impudence,
Raccourcit ses deux pieds ; de ce bâton aussi
Qu'il tenait en sa main fait un pied raccourci ;
Après, sur ces trois pieds il rendurcit son ventre ;
Fait qu'avec l'estomac toute sa tête y rentre ;
Ses deux bras, attachés au cou comme jadis,
Sur le ventre tombant, sont en anse arrondis ;

Le collet du pourpoint s'élargit en grand-cercle ;
Son chapeau de docteur s'aplatit en couvercle,
Son chapeau, qui lui sert ainsi qu'auparavant,
Et qui, comme il couvrait une tête à l'évent,
Désormais sert encore à couvrir la fumée
Qui s'exhale de l'eau, qu'il n'a jamais aimée ;
Son ventre, au lieu de vin, reste toujours plein d'eau,
Où cuisent sa poitrine et sa tête de veau ;
Enfin par la vengeance et justice divine,
De Gomor il devient marmite de cuisine,
Pour l'avoir tant louée, et pour être si vain
Que d'oser censurer un poëte plus qu'humain :
Car, ainsi qu'il blâma cette métamorphose,
Qui fait d'une navire une si noble chose,
D'un homme qu'il était, Gomor fut transformé
En ce vil instrument qu'il avait trop aimé.

LE TESTAMENT

DE

GOULU.

Goulu mourant par faute de manger,
Maître Clément lui dit, prenant sa main :
Le mal empire, et grand est le danger
Si pain n'avez. Las ! je n'ai point de pain,
Répond Goulu. Vous mourrez donc de faim,
Car Hypocras, prince de nos écoles,
En ses records tient cela pour certain.
Lors en pleurant Goulu dit ces paroles :

Je vois bien que ne puis guérir,
Dont il me fâche durement.

Physiciens me font mourir
Par breuvage et par lavement;
Las! j'en ai pris si largement
Que j'en ai gâté mes affaires.
Adieu vous dis, maître Clément:
Bran de vous et de vos clystères.

Mon testament écrire me convient,
Ains que descendre au manoir Proserpine;
Je vais au lieu d'où nulli ne revient:
Car mort me mord et famine me mine.
Mon maigre corps je laisse à la vermine:
Elle en pourra jeûner les vendredis;
Pour mon esprit, qu'il aille à la cuisine:
Car c'était là qu'était son paradis.

Je donne au gueux qui court au cours
Dans un petit panier clissé
Mon bidet, qui fait mille tours,
Et pour Paris est bien dressé;
Il va sans bride et déchaussé;
Vieille natte est sa nourriture.
Un *Requiescat in pace*
Lui serait fort bonne aventure.

Hé! le pauvret, quand midi s'approchait,
Qu'il a souffert de coups sans se fâcher!
Car le chétif souventes fois clochait,
Et pour moi seul s'efforçait de marcher.
Plus ne voudra se laisser affourcher,
Ce Bucéphal dont je fus l'Alexandre.
S'il ne le veut, qu'on le fasse écorcher,
Et puis sa peau dessus ma tombe étendre.

Le drap qui la nuit me couvra,

Quand mon cheval se reposait;
Où souvent mon valet ouvrait,
Qui maintes pièces y cousait,
Autrefois neuf tant me plaisait,
Et tout vieux m'est si nécessaire,
Que j'ordonne, s'il y duisait,
Qu'on m'en fasse un drap mortuaire.

Je donne et lègue à Clopin, mon valet,
Quoiqu'il ne m'ait de tout point décrotté,
Mon vieux mouchoir et mon large collet;
Chemise non, ce n'est ma volonté.
Or, si Clopin dit que c'est chicheté,
Je lui réponds que bien fort il s'abuse :
Qu'onques au dos chemise n'ai porté.
A votre avis n'est-ce pas bonne excuse?

Item il aura mon chapeau,
Qui nuit ni jour ne m'a quitté
Depuis qu'étais sous le drapeau
D'Ignace et sa société.
Ce chapeau peut être porté,
Pourvu que de son bord l'on coupe,
Si *sudum :* car l'humidité
Le rend ivre comme une soupe.

Mais s'il voulait en faire un parasol,
Point ne faudrait de son grand bord rogner.
Il le vendrait du moins cinq fois un sol,
Pourvu qu'il sût surfaire ou barguigner.
Sur mon collet, moult propre à se peigner,
Collet cachant le dos et la fourcelle,
Le bon Clopin peut encore gagner
En le vendant pour peignoir à dentelle.

Au plus pauvre des écoliers,
Afin qu'il se puisse chausser,
Je laisse mes deux vieux souliers :
Aussi bien m'allaient-ils laisser.
Ils sont, par trop rapetasser,
Comme Argo, la vieille nacelle,
Qu'on fit tant de fois rapiécer,
Qu'on ne sût plus si c'était elle.

Ma sotane est pour maître Aliboron :
Car la sotane à sot âne appartient.
Tant eut de coups d'épingle et d'éperon,
Que je ne sais comme elle se soutient,
Fil noir et blanc les morceaux en retient,
Et entretient en amitié parfaite :
Car cet habit plus de pièces contient
Qu'un capucin n'en coud à sa jaquette.

Pour Janotus, mon vieil ami,
Sera mon gentil braquemart;
Puis encor *Theca calami,*
Qu'indoctes nomment *Calemar.*
Dedans n'a plumes ni plumart,
Mais brochette et fine lardoire;
Le cornet en est plein de lard :
C'est une joyeuse écritoire.

Maître Martin aura mon grand manteau,
Que *mante à eau* j'étymologisais.
C'est bien raison qu'il ait part au gâteau :
Car dessus tous grandement le prisais.
Je donne encor mon coutelet pergois
A dame Alix, reine des mamelues,
En la payant de ce que je lui dois
Pour deux litrons de châtaignes boulues.

Pour mes écrits *in utroque*,
Un quidam les a blasonnez,
Et par glose s'en est moqué;
Mais, pour lui faire un pied de nez,
Aux halles je les ai donnés;
Où ma prose, qu'il a bernée,
Et mes vers, seront couronnés
D'épinards verts toute l'année.

Bien aimeraient poursuivants d'Apollon,
Qu'à chacun d'eux je disse en mourant : Tien!
Hélas! ils m'ont joué comme un ballon;
Ils m'ont banni de chez les gens de bien;
Ils m'ont traité comme on fait un vieux chien;
Ils m'ont chassé partout des bonnes tables :
Pour m'en venger je ne leur donne rien,
Mais je les donne à tous les mille diables!

EPITAPHES.

Ici bout qui durant sa vie
De se remplir eut tant d'envie;
Passant, son destin est si fort
Qu'on le remplit même en sa mort.

Toi qui vois qu'on remplit cette marmite d'eau,
D'un ivrogne parfait le corps et le tombeau,
Le Ciel ici te donne une leçon bien ample;
Tes jours, comme les siens, doivent prendre leur [fin :
Apprends donc par ce bel exemple
Que l'on met tôt ou tard de l'eau dedans son vin.

Ici gît qui pouvait vivre bien davantage;
Mais la mort, dédaignant de mesurer son âge,
Compta combien il avait bu,
Et crut qu'il avait trop vécu.

Ci gît qui ne mangea ni but
Qu'une seule fois en sa vie;
O merveille digne d'envie!
Gomor but et mangea tout le temps qu'il vécut.

SALMIS DE VERS ET DE PROSE.

SALMIS

DE

VERS ET DE PROSE.

Un jeune enfant, au milieu d'un grand repas, n'ayant plus d'appétit, se mit à pleurer. On lui demanda la cause de ses larmes. Je ne puis plus manger, répondit-il. — Eh bien, mettez dans vos poches, lui dit tout bas son voisin. — Elles sont pleines, répliqua l'enfant avec une naïveté charmante.

Le procureur d'une abbaye de chanoines réguliers avait coutume de s'exprimer de la manière suivante :

« Il y a trop de vin dans ce monde pour dire la
» messe ; il n'y en a point assez pour faire tourner
» les moulins : donc il faut boire. »

Une petite fille de huit à neuf ans entendait un jour son père, bon gastronome, disserter avec ses amis sur les espèces différentes de jouissances que procurent la gourmandise et la friandise. *Pour moi,* dit l'enfant, *je préfère la friandise, parce que l'on a encore faim après.*

CHANSON A MANGER.

Air : *Aussitôt que la lumière.*

Aussitôt que la lumière
Vient éclairer mon chevet,
Je commence ma carrière
Par visiter mon buffet.
A chaque mets que je touche,
Je me crois l'égal des dieux,
Et ceux qu'épargne ma bouche
Sont dévorés par mes yeux.

Boire est un plaisir trop fade
Pour l'ami de la gaîté :
On boit lorsqu'on est malade,
On mange en bonne santé.
Quand mon délire m'entraîne,
Je me peins la Volupté
Assise, la bouche pleine,
Sur les débris d'un pâté.

A quatre heures, lorsque j'entre
Chez le traiteur du quartier,
Je veux que toujours mon ventre
Se présente le premier.
Un jour, les mets qu'on m'apporte
Sauront si bien l'arrondir,
Qu'à moins d'élargir la porte,
Je ne pourrai plus sortir.

Un cuisinier, quand je dîne,
Me semble un être divin,
Qui du fond de sa cuisine
Gouverne le genre humain.
Qu'ici-bas on le contemple
Comme un ministre du ciel,
Car sa cuisine est un temple
Dont les fourneaux sont l'autel.

Mais, sans plus de commentaires,
Amis, ne savons-nous pas
Que les noces de nos pères
Finirent par un repas?
Qu'on vit une nuit profonde
Bientôt les envelopper,
Et que nous vînmes au monde
A la suite du souper?

Je veux que la mort me frappe
Au milieu d'un grand repas;
Qu'on m'enterre sous la nappe
Entre quatre larges plats;
Et que sur ma tombe on mette
Cette courte inscription :
« Ci gît le premier poète
» Mort d'une indigestion. »

DESAUGIERS.

La digestion est l'affaire de l'estomac, et les indigestions sont celle des médecins.

Un vrai gourmand aime tout autant faire diète que d'être obligé de manger précipitamment un bon dîner.

Le fromage est le biscuit des ivrognes et des gourmands.

C'est insulter un maître de maison que de laisser des morceaux sur son assiette ou du vin dans son verre.

Le vin du cru, un dîner d'ami et de la musique d'amateurs, sont trois choses également à craindre.

CHANSON A MANGER.

Quand j'ai bien faim et que je mange
Et que j'ai bien de quoi choisir,
Je ressens autant de plaisir
Qu'en grattant ce qui me démange.
Cher ami, tu m'y fais songer,
Chacun fait des chansons à boire,
Et moi qui n'ai plus rien de bon que la mâchoire,
Je n'en veux faire qu'à manger.

Quand on se gorge d'un potage
Succulent comme un consommé,
Si notre corps en est charmé,
Notre âme l'est bien davantage;

Aussi Satan, fameux glouton,
Pour tromper la femme première,
N'alla pas lui montrer du vin ou de la bière,
Mais de quoi branler le menton.

Quatre fois l'homme de courage
En un jour peut manger son saoul;
Le trop boire peut faire un fou
De la personne la plus sage.
A-t-on vidé mille tonneaux,
On n'a bu que la même chose;
Au lieu qu'en un repas on peut doubler la dose
De mille différents morceaux.

Quel plaisir, lorsque avec furie,
Après la bisque et le rôti,
Un entre-mets bien assorti
Vient réveiller la mangerie!
Quand on dévore un bon melon,
Trouve-t-on liqueur qui le vaille?
O, mon très cher ami, je suis pour la mangeaille :
Il n'est rien tel qu'être glouton.

SCARRON.

Un habitant du Bas-Languedoc avait prié un fameux traiteur de Toulouse de lui faire passer une dinde aux truffes du Périgord. Celui-ci lui répondit par une espèce de dissertation qui tendait à prouver que les dindes de Toulouse étaient plus grasses que celles du Périgord, et qu'en les farcissant de truffes, elles seraient au moins aussi bonnes; et il termina sa lettre par ces mots :

« Et afin, Monsieur, de vous mettre à même de

» juger de la bonté de nos dindes, je vous envoie ci-
» joint un chapon, duquel j'espère que vous serez
» satisfait. »

Toutes les cérémonies, lorsqu'on est à table, vont toujours au détriment du dîner. Le grand point, c'est de manger chaud, proprement, long-temps et beaucoup.

C'est s'inviter à dîner pour une autre fois que de plier sa serviette; aussi, cela ne se fait point à Paris, à moins qu'on ne soit extrêmement libre dans la maison.

Il faut manger sa soupe bouillante, et prendre son café brûlant. Heureux ceux qui ont le palais délicat et le gosier pavé!

Le plus grand outrage qu'on puisse faire à un gourmand, c'est de l'interrompre dans l'exercice de ses mâchoires. Il est donc de la dernière inconvenance de rendre visite à des gens qui mangent. C'est troubler leurs jouissances, les empêcher de raisonner leurs morceaux, et leur causer des distractions fâcheuses.

Quelques personnes redoutent à table une salière renversée et le nombre treize. Ce nombre n'est à craindre qu'autant qu'il n'y aurait à manger que pour douze. Quant à la salière, l'essentiel est qu'elle ne verse point dans un bon plat.

Quelqu'un ayant demandé à un pauvre diable, doué d'un appétit robuste qu'il n'était pas à même de satisfaire tous les jours, quelles étaient les trois choses qu'il désirait : D'abord, répliqua-t-il, je voudrais avoir autant de vin que j'en pourrais boire. — Ensuite? — Je voudrais avoir autant de bœufs que j'en pourrais manger. — Bon! et quel serait votre dernier souhait? — Ma foi, tout bien considéré, je voudrais avoir encore un peu plus de vin et de bœuf.

Un prieur de chartreux, qui faisait depuis trente ans un cours pratique de gastronomie, se trouvant un jour à un repas maigre très splendide, entendait faire l'éloge d'un certain plat, et désirait d'en goûter, lorsque le frère qui l'accompagnait lui dit : Mon père, n'en mangez pas; j'ai vu, dans la cuisine, qu'on y avait mis du gras. — Eh! qu'alliez-vous faire dans la cuisine? lui dit le prieur avec chagrin; était-ce-là votre place?

Un particulier avait invité Chapelle (1) à dîner avec un de ses amis, et ne leur avait servi que son ordinaire, ce qui était manquer essentiellement à un poëte aussi spirituel que gourmand. Aussi, il ne fut pas plutôt levé de table qu'il s'approcha de son ami, et lui dit à l'oreille, de manière, sans doute, à se

(1) Poëte français, né en 1621, mort en 1686.

faire entendre du maître de la maison : *Où irons-nous dîner en sortant d'ici?*

LE SAVOIR-VIVRE.

Pour mieux manger et mieux boire,
Père Luc, en son couvent,
Tous les jours au réfectoire
Devenait frère-servant.
Or, il est de fait notoire,
Et j'en fus témoin souvent,
Que, tel gauchement qu'il serve,
Le moindre écuyer-tranchant
Sait toujours adroitement
Pour sa part mettre en réserve
Le morceau le plus friand.
Un jour donc qu'en pleine table,
Luc offrait à son prieur
Une part inacceptable
D'un certain mets de chasseur,
Dont le morceau le meilleur,
Pour lui, gisait en réserve,
Le fin vieillard, qui l'observe,
Lui répond : Non ; grand merci.
— Cependant de ce salmi
La sauce semble parfaite.
— Non, vous dis-je ; grand merci.
Prenez pour vous, mon ami,
Et passes-moi votre assiette.

Quelqu'un demandait à Bautru la définition d'un cabaret. C'est un lieu, répondit-il, où l'on vend la folie en bouteilles.

Le tambour d'un régiment suisse passait pour un des plus robustes mangeurs dont les annales de la gourmandise fassent mention. Un de ses officiers en racontait des prodiges à un officier français. Comme celui-ci paraissait incrédule : Je parie vingt-cinq louis, dit vivement l'officier suisse, que l'homme dont je vous parle mangera, sans désemparer, un veau tout entier à lui seul. Le pari est accepté. L'officier suisse va trouver le tambour et lui dit : Mon ami, j'ai parié vingt-cinq louis que tu mangerais un veau. — Mon capitaine, répond le soldat, un veau, c'est beaucoup ; mais, puisque vous avez parié, il faudra bien faire quelque chose pour vous. J'ai trop bon cœur pour vous faire perdre, et il faut espérer que mon estomac sera aussi bon que mon cœur. L'officier s'adresse au meilleur restaurateur de la ville, et lui ordonne d'apprêter chaque partie d'un veau d'après les principes de l'art et selon la méthode la plus propre à aiguiser l'appétit. Le jour fixé, les deux officiers et le tambour sont exacts au rendez-vous. On place successivement devant l'intrépide mangeur des oreilles de veau à l'italienne et farcies ; des cervelles de veau frites et en aspic ; langue à la sauce piquante ; blanquette aux champignons, à la crême ; carré glacé aux concombres ; épaule en galantine ; côtelettes en papillotte, à la dru, en lorgnette ; foie piqué, à la poêle, à la broche ; fraise en salade ; longe en étouffée ; mou à la poulette et au roux ; noix à la bourgeoise, en balottine ; poitrine aux laitues, aux oignons glacés ; tendons à la jardinière, au soleil, en chartreuse ; rognons au blanc, à la poulette ; queue au blanc, etc., etc. Le tambour, qui, dans tous ces plats déguisés, ne reconnaît point les parties de l'animal qu'il doit dévorer, et qui s'attend toujours à voir paraître un veau en personne et tout entier, s'imagine que ce sont des petites friandises qu'on lui a préparées pour exciter son appétit. Déjà il avait mangé en détail et sans s'en apercevoir les trois quarts du veau, lorsque, se tournant vers son officier : « Mon capitaine, lui dit-il, il serait » pourtant bientôt temps de faire apporter le veau : » car, si vous me faites manger tant de brimborions, » je pourrai bien, malgré ma bonne volonté, vous » faire perdre. » A ces mots, l'officier français avoua qu'il avait perdu la gageure, et paya les vingt-cinq louis.

CALEMBOUR.

A table, chez Damis, parlant tous à la fois,
Se tuant à chercher la meilleure des lois,
Des avocats faisaient un bruit épouvantable.
Messieurs, leur dit Mondor, j'avouerai qu'au barreau
Je ne la connais point ; mais je soutiens qu'à table
La meilleure des lois fut toujours l'*aloyau*.

Château-Brun, auteur de plusieurs pièces de théâtre, était maître d'hôtel du duc d'Orléans. Après un repos de quarante ans, il reparut sur la scène en donnant sa tragédie des *Troyennes*, dans laquelle un Troyen vient se jeter aux genoux du vainqueur pour lui exposer la misère de sa patrie, et lui demander du pain. *J'aurais été bien surpris,* dit alors un plaisant du parterre, *si l'on n'avait pas parlé de manger dans une pièce faite par un maître d'hôtel.*

M. de B*** dit un jour à un financier qu'il visitait : Je viens de dîner avec un poète qui nous a régalés au dessert d'une excellente épigramme. Aussitôt le Crésus moderne, aussi ignorant que gourmand, fit venir son cuisinier : D'où vient donc, lui dit-il, que tu ne m'as pas encore fait manger des épigrammes?

Un financier, sortant d'un long repas,
Et d'indigestion pris selon sa coutume,
S'en retournait, pénétré d'amertume
De n'avoir pu goûter de tous les plats.
Un malheureux se jette à sa portière :
—Ah! Monseigneur, vous paraissez humain;
Daignez, hélas! soulager ma misère!
—Bonte du ciel! dit Rondon en colère,
Que ces gueux-là sont heureux d'avoir faim!

Un fameux gourmand, en avalant le premier verre de vin, avait coutume de lui parler ainsi : « Range-» toi bien, malheureux, car tu vas être furieusement » pressé. »

Cocu qui ne mange pas de soupe, dit un avocat à un médecin qu'il avait invité à dîner chez lui, et à qui il avait défendu qu'on servît une cuiller. Le docteur, qui s'aperçut qu'on voulait l'embarrasser, prit son pain, qu'il creusa, mit la fourchette dedans, et s'en servit comme d'une cuiller pour manger sa soupe. Il ne crut pas avoir assez fait que d'être sorti d'embarras par ce moyen; il voulut encore embarrasser l'avocat et ceux qui s'étaient apprêtés à rire à ses dépens : il prit le pain qui lui avait servi de cuiller, l'avala et dit : *Cocu qui ne mange pas sa cuiller.*

Le bailli de Suffren étant à Achem, dans l'Inde, une députation de la ville vint lui demander audience pendant qu'il était à table. Comme il était gourmand et n'aimait point à être troublé dans ses repas, il imagina plaisamment, pour se débarrasser de la députation, de lui faire dire qu'un article de sa religion défendait expressément à tout chrétien à table de s'occuper d'autre chose que de manger, cette fonction étant de la première importance. La députation se retira très respectueusement en admirant l'extrême dévotion du général français.

FIN.

www.ingramcontent.com/pod-product-compliance
Ingram Content Group UK Ltd.
Pitfield, Milton Keynes, MK11 3LW, UK
UKHW021108220726
13924UKWH00004B/1575